MADAME DE LA POMMERAYE

précédé de

MADAME DE LA CARLIÈRE

Paru dans Le Livre de Poche :

CONTES

JACQUES LE FATALISTE

LETTRE SUR LES AVEUGLES

LE NEVEU DE RAMEAU

LE NEVEU DE RAMEAU *et autres textes*

REGRETS SUR MA VIEILLE ROBE DE CHAMBRE
suivi de PROMENADE VERNET

LA RELIGIEUSE

SUPPLÉMENT AU VOYAGE DE BOUGAINVILLE

DIDEROT – PROMENADES DANS L'ŒUVRE,
par Jean-Claude Bonnet

DENIS DIDEROT

Madame de La Pommeraye

précédé de

Madame de La Carlière

INTRODUCTION, NOTES ET COMMENTAIRES
PAR JACQUES VASSEVIÈRE

LE LIVRE DE POCHE
Libretti

Ancien élève de l'ENS (Saint-Cloud) et agrégé de lettres modernes, Jacques Vassevière a commenté ou édité Montaigne, Marivaux, Diderot, Rousseau, Zola et Maupassant.

Couverture : Guido Gonin, *Moment intime* (détail), 1862.

ISBN : 978-2-253-16364-0 – 1re publication LGF

INTRODUCTION

En 1765, après plus de quinze ans d'un labeur immense, Diderot a la satisfaction d'avoir achevé son travail sur les derniers volumes de l'*Encyclopédie ou Dictionnaire raisonné des sciences, des arts et des métiers*, qui s'emploie aussi, dans l'esprit des philosophes des Lumières, à combattre les préjugés de tous ordres. Il peut se consacrer davantage à la peinture, à la philosophie et à l'écriture romanesque : à *La Religieuse* et au *Neveu de Rameau*, en chantier depuis 1760, s'ajoutent des « contes » et *Jacques le Fataliste*.

En 1770, *Les Deux Amis de Bourbonne* montrent ainsi l'amitié exceptionnelle de deux hommes du peuple, qui les amène à transgresser les lois, et les jugements opposés que l'on peut porter sur eux ; l'*Entretien d'un père avec ses enfants* évoque de son côté la difficulté de concilier les lois et les aspirations morales ou sentimentales des individus. En 1772, deux autres contes présentent des couples mal assortis comportant des personnages hors du commun : *Ceci n'est pas un conte* offre successivement au jugement du lecteur une femme très méchante qui exploite un homme très bon, puis une femme très bonne qui se sacrifie pour un homme très méchant ; *Madame de La Carlière* confronte un ancien libertin et une femme qui fait de la fidélité un absolu. Dans *Jacques le Fataliste*, composé de 1765 à 1784, un autre libertin est victime de la vengeance terrible de sa maîtresse, la vertueuse Mme de La Pommeraye, qui ne supporte pas d'être délaissée après avoir été séduite. Les récits concernant Mme de La Carlière et Mme de La Pommeraye sont à rapprocher, particulièrement du fait de leur forme dialoguée, de la personnalité des deux héroïnes et de la communauté des thèmes traités.

Madame de La Carlière fut publiée en 1773 dans la *Correspondance littéraire* (revue manuscrite que Grimm, aidé de Diderot, adressait à une vingtaine de princes d'Europe), puis en 1798 sous le titre *De l'inconséquence du jugement public de nos actions particulières* qui reprend et explicite une phrase du conte (« et voilà ce que c'est que le jugement public de nos actions particulières », p. 45). Diderot y dénonce l'attitude de la « foule imbécile » (p. 39) qui juge sans réelle connaissance de cause, ou plutôt des multiples causes qui font agir les personnages. Inconséquent chez « le sot public » (p. 19) qui condamne successivement l'épouse orgueilleuse puis l'époux infidèle, le jugement est difficile pour l'honnête homme, qui ne peut se résoudre ni à faire l'éloge de « la grande, la vertueuse, la digne Mme de La Carlière » (p. 47) ni à ne voir en elle qu'une « inflexible et hautaine bégueule » (p. 47).

Cette dame est en effet originale : elle étonne son entourage par une « séparation inattendue et [le] motif singulier qui l'[a] amenée » (p. 39), puis se montre « bizarre jusqu'au bout » (p. 44), jusqu'aux circonstances de sa mort. Diderot aime les personnages capables d'aller « jusqu'au bout » de leurs sentiments et de leur « caractère », de pousser jusqu'à leur paroxysme le bien ou le mal. Il accorde ainsi une grande place aux femmes dotées d'une personnalité exceptionnelle : « J'ai vu l'amour, la jalousie, la superstition, la colère, portés dans les femmes à un point que l'homme n'éprouva jamais », écrit-il dans son essai *Sur les femmes* (qui date justement de 1772) ; du fait de la condition que la société leur impose, « elles ont conservé l'amour-propre et l'intérêt personnel avec toute l'énergie de nature ; et [...], plus civilisées que nous en dehors, elles sont restées de vraies sauvages en dedans, toutes machiavélistes, du plus au moins ». Mme de La Carlière, comme Mme de La Pommeraye, est en effet un monstre d'orgueil.

Diderot s'intéresse aussi aux femmes parce que leur condition et leurs aventures expriment la vérité profonde d'une société : elles constituent « autant de thermomètres des moindres vicissitudes des mœurs et des usages » (*Sur les femmes*). Les histoires singulières de Mme de La Carlière et du chevalier Desroches, de Mme de La Pommeraye et du marquis des Arcis en disent long sur l'amour, le mariage et le libertinage dans la société de Diderot. C'est ce qui fait leur *réalisme*, entendu comme une exigence de vérité à laquelle le caractère extraordinaire des personnages et de leurs actions ne fait pas obstacle mais sert de révélateur. La rigueur de Mme de La Carlière met en valeur la liberté de mœurs habituelle dans un milieu où l'infidélité de Desroches est « une faute légère » (p. 38 et 45), « un amusement » qui aurait dû rester « assez indifférent à sa femme » (p. 31). En revanche, la peinture de mœurs vire à la satire quand elle montre la corruption et l'hypocrisie de la société (« On sait qu'un homme est un coquin, mais cela n'empêche pas qu'on ne l'accueille », p. 43) et plus encore quand elle touche à l'Église : c'est la « voix indiscrète » (p. 44) d'un prêtre qui désigne le malheureux Desroches à la vindicte de « la populace »

(p. 45). Ici comme dans les romans et contes de Voltaire, c'est le philosophe des Lumières qui parle.

Le « philosophe » Diderot est aussi singulier que ses personnages : « j'ai mes idées, peut-être justes, à coup sûr bizarres, sur certaines actions que je regarde moins comme des vices de l'homme que comme des conséquences de nos législations absurdes, sources de mœurs aussi absurdes qu'elles et d'une dépravation que j'appellerais volontiers artificielle » (p. 47-48), dit le personnage-narrateur de *Madame de La Carlière*, qui est aussi celui qui présente l'utopie tahitienne dans le *Supplément au Voyage de Bougainville*. Sous-titré *Dialogue entre* A. *et* B. *sur l'inconvénient d'attacher des idées morales à certaines actions physiques qui n'en comportent pas*, cet autre « conte », très librement inspiré du récit de Bougainville, imagine une société dans laquelle le désir sexuel ne serait pas contrarié par les lois civiles et religieuses. Les « préceptes singuliers » qui régissent le mariage chrétien y sont jugés « opposés à la nature, contraires à la raison, faits pour multiplier les crimes » et « rend[re] la condition de l'homme pire que celle de l'animal[1] ». Dans *Madame de La Carlière*, ce sont bien ces préceptes qui, ajoutés à la vanité de l'héroïne, font le malheur des personnages.

Sur le même thème, on a extrait de *Jacques le Fataliste* l'histoire de Mme de La Pommeraye. Ce récit présente une très forte unité : dès 1785, Schiller l'a isolé et en a publié une traduction allemande sous un titre qui soulignait la singularité de l'héroïne[2]. Et, en

1. Voir le commentaire C, p. 127. 2. *Exemple singulier de la vengeance d'une femme (extrait d'un manuscrit du défunt Diderot)*. *Jacques le Fataliste* connut d'abord une diffusion confidentielle dans la *Correspondance littéraire* de 1778 à 1780 ; après la mort de Dide-

effet, dans sa vengeance Mme de La Pommeraye met du « génie » (p. 118), elle est d'un cynisme et d'une lucidité diaboliques, elle force l'admiration par sa connaissance et sa maîtrise des codes sociaux, qu'elle utilise pour le succès de son plan machiavélique, mais aussi pour l'instruction du lecteur : où trouverait-on une satire des dévotes plus dense, plus féroce, plus subtile, donc plus plaisante, que dans les règles de conduite qu'elle impose à deux prostituées qui doivent se faire passer pour des femmes pieuses ?

Cette histoire appartient à un roman dont le héros et « l'auteur » professent un *fatalisme* qui fait de l'homme le jouet d'un enchaînement de causes nécessaires et inconnues, le confrontant à un avenir à la fois imprévisible et rigoureusement déterminé[1] : à l'arrière-plan du récit, il y a donc le matérialisme et le naturalisme philosophiques de Diderot. Si l'inconstance de l'amant est conforme à la nature humaine, comme l'affirme la fable de la Gaine et du Coutelet[2], si la cruauté de la vengeance est déterminée par le « caractère » et le milieu social de la femme délaissée, quelle responsabilité reste-t-il aux personnages ? Peut-on condamner moralement une action qui, bien que volontaire, n'a pas été libre ? Et au nom de quel code, sachant que l'être humain se débat au milieu de lois naturelles, civiles et religieuses impossibles à concilier ? Comment juger Mme de La Pommeraye qui croit maîtriser son sort, manipule habilement son entourage et finit par être désavouée par la vie ? « Nous croyons conduire

---

rot, il fut publié dans une traduction allemande en 1792, puis en français en 1796. L'histoire de Mme de La Pommeraye a inspiré à Robert Bresson son film *Les Dames du bois de Boulogne* (1945).

1. Sur cette question, voir le commentaire A, p. 123. **2.** Voir p. 69 et p. 129.

le destin, mais c'est toujours lui qui nous mène », rappelle Jacques le Fataliste[1]. Dans cette chaîne causale, le mal et le bien sont liés : en plaçant son ancien amant dans une situation horrible Mme de La Pommeraye crée les conditions de son bonheur futur.

De ce fait, les jugements que l'on porte sur les personnages sont quasiment réversibles : avec sa « vertu » (p. 119) rigide, Mme de La Pommeraye est coupable d'ignorer la loi naturelle qui rend l'amour inconstant, mais elle est aussi victime d'un « caractère » (p. 120) particulièrement vaniteux dont la nature, précisément, l'a dotée ; le libertin des Arcis est métamorphosé par un amour vrai. On pourrait en dire autant de Mme de La Carlière et de Desroches. Ces contes ne dégagent pas une morale des « actions particulières » (p. 45) des personnages, ils mettent la morale sociale en discussion, sans recommander pour autant de la transgresser : « Nous parlerons contre les lois insensées jusqu'à ce qu'on les réforme et en attendant nous nous y soumettrons », écrit Diderot dans le *Supplément au Voyage de Bougainville*.

En matière de morale, Diderot considère en effet qu'il n'y a qu'une alternative : « De deux partis l'un : il faut enseigner à vos enfants la morale du vice ou la morale de la vertu, et leur dire : "Faites le bien, soyez doux, justes, complaisants, humains, véridiques, soumettez-vous aux lois de la nature et de la société, respectez les usages reçus, soyez sûrs que vous obtiendrez l'estime et la considération des hommes, si vous la méritez par une conduite respectable" ; ou leur dire : "Volez, trompez, mentez, qu'il n'y ait rien de sacré pour vous, foulez aux pieds toute honnêteté, allez à

---

1. *Jacques le Fataliste*, p. 76. L'édition de référence est donnée dans la Note sur la présente édition, p. 15.

votre bien-être aux dépens de qui il appartiendra, moquez-vous de toutes ces distinctions futiles de juste et d'injuste. Paraissez bons, mais gardez-vous bien de l'être."[1] » Le deuxième choix est celui du neveu de Rameau, le premier celui du « philosophe ». Celui-ci apprécie aussi une action en fonction du bonheur qu'elle a apporté à son auteur et à la collectivité : « Il faut chercher la notion du devoir dans celle du bonheur individuel, bien entendu. Un méchant est un homme qui veut son bonheur, et qui fait le contraire de ce qu'il veut. Il ne voit pas plus loin que le bout de son nez ; il calcule mal ; il fait à tout moment de faux marchés[2]. » Mme de La Carlière serait donc moralement condamnable puisqu'elle a fait son malheur et celui de ses proches ; mais que dire de Mme de La Pommeraye ?

À défaut de réponses définitives aux problèmes moraux qu'elles posent, le lecteur goûtera dans ces histoires le plaisir que donnent des récits conçus pour le tenir en haleine par les interruptions des personnages-auditeurs qui retardent à dessein sa progression, par des rebondissements et des retournements de situation. C'est particulièrement vrai de *Madame de La Pommeraye*, qui tient du conte par l'oralité du récit et par le caractère extraordinaire de l'héroïne, mais aussi de la nouvelle par son réalisme sociologique et par son dénouement à la fois inattendu et discrètement préparé. S'y ajoute le comique qui naît, d'une part de la satire de mœurs constante à laquelle se livre le « philosophe » Diderot, d'autre part et surtout de la situation toute théâtrale dans laquelle est placé le lecteur par rapport aux personnages et qui lui permet d'apprécier l'humour

1. Lettre à Sophie Volland du 9 septembre 1762. 2. *Réfutation d'Hermsterhuis* (rédigée en 1773-1774).

cynique et la cruauté subtile des répliques à double sens que Mme de La Pommeraye adresse au marquis des Arcis.

Voici donc deux histoires de femmes, deux histoires exemplaires, deux femmes d'exception…

Jacques VASSEVIÈRE.

NOTE SUR LA PRÉSENTE ÉDITION

Les citations des contes ainsi que du *Supplément au Voyage de Bougainville* renvoient à l'édition de Béatrice Didier (Diderot, *Contes*, Le Livre de Poche, 1998, abrégée en *Contes*). Les citations de *Jacques le Fataliste* figurant dans l'Introduction, les notes et les commentaires renvoient à l'édition procurée par Pierre Chartier (Le Livre de Poche, 2000), abrégée en *JLF*.

Dans ces deux récits polyphoniques, qui font entendre la voix des personnages acteurs du drame, mais aussi de ceux qui le racontent ou qui l'écoutent, les deux niveaux du dialogue sont distingués typographiquement : les guillemets « français » signalent les échanges du premier niveau (entre narrateurs et interlocuteurs), les guillemets "anglais" ceux des personnages (comme Mme de La Pommeraye, le marquis des Arcis, Mme de La Carlière, Desbrosses).

On trouvera en bas de page, appelées dans le texte par des chiffres, des notes destinées à faciliter la lecture, et en fin de volume, appelés dans le texte par des lettres, des commentaires nourris, pour l'essentiel, de références aux autres œuvres de Diderot. Ces commentaires concernent les deux textes.

J. V.

Madame de La Carlière

« Rentrons-nous ?

— C'est de bonne heure.

— Voyez-vous ces nuées ?

— Ne craignez rien ; elles disparaîtront d'elles-mêmes, et sans le secours de la moindre haleine de vent.

— Vous croyez ?

— J'en ai souvent fait l'observation en été, dans les temps chauds. La partie basse de l'atmosphère, que la pluie a dégagée de son humidité, va reprendre une portion de la vapeur épaisse qui forme le voile obscur qui vous dérobe le ciel. La masse de cette vapeur se distribuera à peu près également dans toute la masse de l'air, et par cette exacte distribution ou combinaison, comme il vous plaira de dire, l'atmosphère deviendra transparente et lucide. C'est une opération de nos laboratoires qui s'exécute en grand au-dessus de nos têtes. Dans quelques heures, des points azurés commenceront à percer à travers les nuages raréfiés ; les nuages se raréfieront de plus en plus ; les points azurés se multiplieront et s'étendront ; bientôt vous ne saurez ce que sera devenu le crêpe noir qui vous effrayait, et vous serez surpris et récréé de la limpidité de l'air, de la pureté du ciel et de la beauté du jour.

— Mais cela est vrai, car tandis que vous parliez, je regardais, et le phénomène semblait s'exécuter à vos ordres.

— Ce phénomène n'est qu'une espèce de dissolution de l'eau par l'air.

— Comme la vapeur qui ternit la surface extérieure d'un verre que l'on remplit d'eau glacée n'est qu'une espèce de précipitation.

— Et ces énormes ballons qui nagent ou restent suspendus dans l'atmosphère ne sont qu'une surabondance d'eau que l'air saturé ne peut dissoudre.

— Ils demeurent là comme des morceaux de sucre au fond d'une tasse de café qui n'en saurait plus prendre.

— Fort bien.

— Et vous me promettez donc à notre retour…

— Une voûte aussi étoilée que vous l'ayez jamais vue.

— Puisque nous continuons notre promenade, pourriez-vous me dire, vous qui connaissez tous ceux qui fréquentent ici, quel est ce personnage long, sec et mélancolique, qui s'est assis, qui n'a pas dit un mot, et qu'on a laissé seul dans le salon, lorsque le reste de la compagnie s'est dispersé ?

— C'est un homme dont je respecte vraiment la douleur.

— Et vous le nommez ?

— Le chevalier[1] Desroches.

— Ce Desroches qui, devenu possesseur d'une fortune immense à la mort d'un père avare, s'est fait un nom par sa dissipation, ses galanteries, et la diversité de ses états[2] ?

— Lui-même.

— Ce fou qui a subi toutes sortes de métamorphoses, et qu'on a vu successivement en petit collet, en robe de palais et en uniforme[3] ?

1. Titre de noblesse au-dessous du baron. 2. Conditions sociales, professions. 3. Desroches a été ecclésiastique (il portait le rabat appelé « petit collet »), magistrat au palais de justice et officier.

— Oui, ce fou.

— Qu'il est changé !

— Sa vie est un tissu d'événements singuliers. C'est une des plus malheureuses victimes des caprices du sort et des jugements inconsidérés des hommes. Lorsqu'il quitta l'Église pour la magistrature, sa famille jeta les hauts cris ; et tout le sot public, qui ne manque jamais de prendre le parti des pères contre les enfants, se mit à clabauder à l'unisson.

— Ce fut bien un autre vacarme lorsqu'il se retira du tribunal pour entrer au service.

— Cependant que fit-il ? un trait de vigueur dont nous nous glorifierions l'un et l'autre, et qui le qualifia la plus mauvaise tête qu'il y eût ; et puis vous êtes étonné que l'effréné bavardage de ces gens-là m'importune, m'impatiente, me blesse !

— Ma foi, je vous avoue que j'ai jugé Desroches comme tout le monde.

— Et c'est ainsi que de bouche en bouche, échos ridicules les unes des autres, un galant homme[1] est traduit pour un plat homme, un homme d'esprit pour un sot, un homme honnête pour un coquin, un homme de courage pour un insensé, et réciproquement. Non, ces impertinents jaseurs ne valent pas la peine que l'on compte leur approbation, leur improbation pour quelque chose dans la conduite de sa vie. Écoutez, morbleu ! et mourez de honte. Desroches entre conseiller au parlement[2] très jeune ; des circonstances favorables le conduisent rapidement à la grand-chambre ; il est de Tournelle à son tour, et l'un des rapporteurs dans une

1. Un homme d'honneur. 2. Sous l'Ancien Régime, cour de justice. La Tournelle était la chambre criminelle du parlement de Paris où siégeaient à tour de rôle les conseillers de la grand-chambre. Ceux-ci avaient recours à la torture.

affaire criminelle. D'après ses conclusions, le malfaiteur est condamné au dernier supplice. Le jour de l'exécution, il est d'usage que ceux qui ont décidé la sentence du tribunal se rendent à l'Hôtel de ville afin d'y recevoir les dernières dispositions du malheureux, s'il en a quelques-unes à faire, comme il arriva cette fois-là. C'était en hiver. Desroches et son collègue étaient assis devant le feu lorsqu'on leur annonça l'arrivée du patient. Cet homme, que la torture avait disloqué, était étendu et porté sur un matelas. En entrant il se relève, il tourne ses regards vers le ciel, il s'écrie : "Grand Dieu ! tes jugements sont justes." Le voilà sur son matelas aux pieds de Desroches. "Est-ce vous, monsieur, qui m'avez condamné ? lui dit-il en l'apostrophant d'une voix forte. Je suis coupable du crime dont on m'accuse, oui, je le suis, je le confesse ; mais vous n'en savez rien." Puis, reprenant toute la procédure, il démontra clair comme le jour qu'il n'y avait ni solidité dans les preuves, ni justice dans la sentence. Desroches, saisi d'un tremblement universel, se lève, déchire sur lui sa robe magistrale et renonce pour jamais à la périlleuse fonction de prononcer sur la vie des hommes. Et voilà ce qu'ils appellent un fou ! Un homme qui se connaît[1] et qui craint d'avilir l'habit ecclésiastique par de mauvaises mœurs, ou de se trouver un jour souillé du sang de l'innocent.

— C'est qu'on ignore ces choses-là.

— C'est qu'il faut se taire quand on ignore.

— Mais pour se taire, il faut se méfier.

— Et quel inconvénient à se méfier ?

---

1. « Fou » pour « le sot public », Desroches est un sage pour le narrateur : il met en pratique la maxime dont se réclamait Socrate : « Connais-toi toi-même. »

— De refuser de la croyance à vingt personnes qu'on estime, en faveur d'un homme qu'on ne connaît pas.

— Eh ! monsieur, je ne vous demande pas tant de garants quand il s'agit d'assurer le bien ; mais le mal !... Laissons cela, vous m'écartez de mon récit et me donnez de l'humeur. Cependant il fallait être quelque chose. Il acheta une compagnie[1].

— C'est-à-dire qu'il laissa le métier de condamner ses semblables pour celui de les tuer sans aucune forme de procès.

— Je n'entends pas comment on plaisante en pareil cas.

— Que voulez-vous ? vous êtes triste, et je suis gai.

— C'est la suite de son histoire qu'il faut savoir, pour apprécier la valeur du caquet public.

— Je la saurais, si vous vouliez.

— Cela sera long.

— Tant mieux.

— Desroches fait la campagne de 1745 et se montre bien[2]. Échappé aux dangers de la guerre, à deux cent mille coups de fusil, il vient se faire casser la jambe par un cheval ombrageux, à douze ou quinze lieues d'une maison de campagne, où il s'était proposé de passer son quartier d'hiver ; et Dieu sait comment cet accident fut arrangé par nos agréables[3].

---

1. Les charges judiciaires et militaires se vendaient : noble, Desroches peut acheter le droit de commander une compagnie d'infanterie (il la cède plus tard au frère de Mme de La Carlière, p. 42). **2.** Desroches montre « une bonne [...] contenance dans les occasions qui exigent de la résolution et de la fermeté » (*Dictionnaire de l'Académie française*, 1798) dans la campagne marquée par la victoire de Fontenoy pendant la guerre de la Succession d'Autriche (1740-1748). **3.** Les gens du monde, qui constituent « le sot public » critiqué par le narrateur.

— C'est qu'il y a certains personnages dont on s'est fait habitude de rire, et qu'on ne plaint de rien.

— Un homme qui a la jambe fracassée, cela est en effet plaisant ! Eh bien ! messieurs les rieurs impertinents, riez bien, mais sachez qu'il eût peut-être mieux valu pour Desroches d'avoir été emporté par un boulet de canon ou d'être resté sur le champ de bataille, le ventre crevé d'un coup de baïonnette. Cet accident lui arriva dans un méchant petit village où il n'y avait d'asile supportable que le presbytère ou le château. On le transporta au château, qui appartenait à une jeune veuve appelée Mme de La Carlière, la dame du lieu.

— Qui n'a pas entendu parler de Mme de La Carlière ? Qui n'a pas entendu parler de ses complaisances sans bornes pour un vieux mari jaloux, à qui la cupidité de ses parents l'avait sacrifiée à l'âge de quatorze ans ?

— À cet âge, où l'on prend le plus sérieux des engagements, parce qu'on mettra du rouge[1] et qu'on aura de belles boucles, Mme de La Carlière fut, avec son premier mari, la femme de la conduite la plus réservée et la plus honnête.

— Je le crois, puisque vous me le dites.

— Elle reçut et traita le chevalier Desroches avec toutes les attentions imaginables. Ses affaires la rappelaient à la ville ; malgré ses affaires et les pluies continuelles d'un vilain automne, qui, en gonflant les eaux de la Marne qui coule dans son voisinage, l'exposait à ne sortir de chez elle qu'en bateau, elle prolongea son séjour à sa terre jusqu'à l'entière guérison de Desroches. Le voilà guéri. Le voilà à côté de Mme de La

1. Le rouge désigne le fard que les femmes appliquaient sur leurs joues. Cette phrase signifie donc que les très jeunes filles acceptaient de se marier pour avoir le plaisir de se maquiller.

Carlière, dans une même voiture qui les ramène à Paris, et le chevalier lié de reconnaissance et attaché d'un sentiment plus doux à sa jeune, riche et belle hospitalière.

— Il est vrai que c'était une créature céleste ; elle ne parut jamais au spectacle sans faire sensation.

— Et c'est là que vous l'avez vue ?

— Il est vrai.

— Pendant la durée d'une intimité de plusieurs années, l'amoureux chevalier, qui n'était pas indifférent à Mme de La Carlière, lui avait proposé plusieurs fois de l'épouser, mais la mémoire récente des peines qu'elle avait endurées sous la tyrannie d'un premier époux, et plus encore cette réputation de légèreté que le chevalier s'était faite par une multitude d'aventures galantes, effrayaient Mme de La Carlière qui ne croyait pas à la conversion des hommes de ce caractère. Elle était alors en procès avec les héritiers de son mari.

— N'y eut-il pas encore des propos à l'occasion de ce procès-là ?

— Beaucoup, et de toutes les couleurs. Je vous laisse à penser si Desroches, qui avait conservé nombre d'amis dans la magistrature, s'endormit sur les intérêts de Mme de La Carlière.

— Et si nous l'en supposions reconnaissante ?

— Il était sans cesse à la porte des juges.

— Le plaisant, c'est que, parfaitement guéri de sa fracture, il ne les visitait jamais sans un brodequin[1] à la jambe. Il prétendait que ses sollicitations, appuyées de son brodequin, devenaient plus touchantes. Il est vrai qu'il le plaçait tantôt d'un côté, tantôt d'un autre, et qu'on en faisait quelquefois la remarque.

---

1. Attelle qui maintient un membre blessé.

— Et que pour le distinguer d'un parent du même nom, on l'appela Desroches-le-Brodequin. Cependant, à l'aide du droit et du brodequin pathétique du chevalier, Mme de La Carlière gagna son procès.

— Et devint Mme Desroches en titre.

— Comme vous y allez ! Vous n'aimez pas les détails communs, et je vous en fais grâce. Ils étaient d'accord, ils touchaient au moment de leur union, lorsque Mme de La Carlière, après un repas d'apparat, au milieu d'un cercle nombreux, composé des deux familles et d'un certain nombre d'amis, prenant un maintien auguste et un ton solennel, s'adressa au chevalier, et lui dit : "Monsieur Desroches, écoutez-moi. Aujourd'hui nous sommes libres l'un et l'autre, demain nous ne le serons plus, et je vais devenir maîtresse de votre bonheur ou de votre malheur ; vous, du mien. J'y ai bien réfléchi ; daignez y penser aussi sérieusement. Si vous vous sentez ce même penchant à l'inconstance qui vous a dominé jusqu'à présent, si je ne suffisais pas à toute l'étendue de vos désirs, ne vous engagez pas, je vous en conjure par vous-même et par moi. Songez que moins je me crois faite pour être négligée, plus je ressentirais vivement une injure. J'ai de la vanité, et beaucoup[1]. Je ne sais pas haïr, mais personne ne sait mieux mépriser, et je ne reviens point du mépris. Demain, au pied des autels, vous jurerez de m'appartenir et de n'appartenir qu'à moi. Sondez-vous, interrogez votre cœur tandis qu'il en est encore temps ; songez qu'il y va de ma vie. Monsieur, on me blesse aisément, et la blessure de mon âme ne cicatrise point, elle saigne toujours. Je ne me plaindrai point, parce

1. Dans son essai *Sur les femmes*, Diderot écrit : « L'orgueil est plus leur vice que le nôtre. »

que la plainte, importune d'abord, finit par aigrir le mal, et parce que la pitié est un sentiment qui dégrade celui qui l'inspire. Je renfermerai ma douleur et j'en périrai. Chevalier, je vais vous abandonner ma personne et mon bien, vous résigner mes volontés et mes fantaisies, vous serez tout au monde pour moi, mais il faut que je sois tout au monde pour vous, je ne puis être satisfaite à moins. Je suis, je crois, l'unique pour vous dans ce moment, et vous l'êtes certainement pour moi ; mais il est très possible que nous rencontrions, vous, une femme qui soit plus aimable, moi, quelqu'un qui me le paraisse. Si la supériorité de mérite, réelle ou présumée, justifiait l'inconstance, il n'y aurait plus de mœurs. J'ai des mœurs, je veux en avoir, je veux que vous en ayez. C'est par tous les sacrifices imaginables que je prétends vous acquérir et vous acquérir sans réserve. Voilà mes droits, voilà mes titres et je n'en rabattrai jamais rien. Je ferai tout pour que vous ne soyez pas seulement un inconstant, mais pour qu'au jugement des hommes sensés, au jugement de votre propre conscience, vous soyez le dernier des ingrats. J'accepte le même reproche si je ne réponds pas à vos soins, à vos égards, à votre tendresse, au-delà de vos espérances. J'ai appris ce dont j'étais capable à côté d'un époux qui ne rendait les devoirs d'une femme ni faciles ni agréables. Vous savez à présent ce que vous avez à attendre de moi[1]. Voyez ce que vous avez à craindre de vous. Parlez-moi, chevalier, parlez-moi nettement ; ou je deviendrai votre épouse, ou je resterai

1. Dans cette phrase (absente de certaines éditions), Mme de La Carlière assure Desroches de sa fidélité et l'avertit qu'elle sera intraitable s'il la trompe ; dans la suivante, elle invite l'ancien libertin à s'interroger sur sa propre capacité à être fidèle.

votre amie ; l'alternative n'est pas cruelle. Mon ami, mon tendre ami, je vous en conjure, ne m'exposez pas à détester, à fuir le père de mes enfants, et peut-être, dans un accès de désespoir, à repousser leurs innocentes caresses : que je puisse, toute ma vie, avec un nouveau transport, vous retrouver en eux et me réjouir d'avoir été leur mère. Donnez-moi la plus grande marque de confiance qu'une femme honnête ait sollicitée d'un galant homme ; refusez-moi, refusez-moi, si vous croyez que je me mette à un trop haut prix. Loin d'en être offensée, je jetterai mes bras autour de votre cou, et l'amour de celles que vous avez captivées et les fadeurs que vous leur avez débitées ne vous auront jamais valu un baiser aussi sincère, aussi doux que celui que vous aurez obtenu de votre franchise et de ma reconnaissance."

— Je crois avoir entendu dans le temps une parodie bien comique de ce discours.

— Et par quelque bonne amie de Mme de La Carlière ?

— Ma foi, je me la rappelle, vous avez deviné.

— Et cela ne suffirait pas à rencogner un homme au fond d'une forêt, loin de toute cette décente canaille, pour laquelle il n'y a rien de sacré ? J'irai, cela finira par là, rien n'est plus sûr, j'irai. L'assemblée, qui avait commencé par sourire, finit par verser des larmes. Desroches se précipita aux genoux de Mme de La Carlière, se répandit en protestations honnêtes et tendres, n'omit rien de ce qui pouvait aggraver ou excuser sa conduite passée, compara Mme de La Carlière aux femmes qu'il avait connues et délaissées, tira de ce parallèle juste et flatteur des motifs de la rassurer, de se rassurer lui-même contre un penchant à la mode, une effervescence de jeunesse, le vice des mœurs générales plutôt que le sien ; ne dit rien qu'il ne pensât et qu'il ne se promît de faire. Mme de La Carlière le regardait, l'écoutait, cherchait à le pénétrer dans ses discours, dans ses mouvements, et interprétait tout à son avantage.

— Pourquoi non, s'il était vrai ?

— Elle lui avait abandonné une de ses mains qu'il baisait, qu'il pressait contre son cœur, qu'il baisait encore, qu'il mouillait de ses larmes. Tout le monde partageait leur tendresse ; toutes les femmes sentaient comme Mme de La Carlière, tous les hommes comme le chevalier.

— C'est l'effet de ce qui est honnête, de ne laisser à une grande assemblée qu'une pensée et qu'une âme. Comme on s'estime, comme on s'aime tous dans ces moments ! Par exemple, que l'humanité est belle au spectacle[1] ! Pourquoi faut-il qu'on se sépare si vite ! Les hommes sont si bons et si heureux lorsque l'honnête réunit leurs suffrages, les confond, les rend uns !

— Nous jouissions de ce bonheur qui nous assimilait lorsque Mme de La Carlière, transportée d'un mouvement d'âme exaltée, se leva et dit à Desroches : "Chevalier, je ne vous crois pas encore, mais tout à l'heure je vous croirai."

— La petite comtesse jouait sublimement cet enthousiasme de sa belle cousine.

— Elle est bien plus faite pour le jouer que pour le sentir. "Les serments prononcés au pied des autels... " Vous riez ?

— Ma foi, je vous en demande pardon, mais je vois

---

1. Il y a dans le discours pathétique, solennel et emphatique de Mme de La Carlière quelque chose de théâtral qui *assimile* le public (la remarque vaut pour son discours – symétrique – de rupture, p. 37). Le théâtre, selon Diderot, unit les spectateurs dans une même émotion, une même aspiration à la vertu.

encore la petite comtesse hissée sur la pointe de ses pieds ; et j'entends son ton emphatique.

— Allez, vous êtes un scélérat, un corrompu comme tous ces gens-là, et je me tais.

— Je vous promets de ne plus rire.

— Prenez-y garde.

— Eh bien, les serments prononcés au pied des autels…

— "Ont été suivis de tant de parjures, que je ne fais aucun compte de la promesse solennelle de demain. La présence de Dieu est moins redoutable pour nous que le jugement de nos semblables. Monsieur Desroches, approchez. Voilà ma main, donnez-moi la vôtre, et jurez-moi une fidélité, une tendresse éternelles. Attestez-en[1] les hommes qui nous entourent : permettez que, s'il arrive que vous me donniez quelques sujets légitimes de me plaindre, je vous dénonce à ce tribunal, et vous livre à son indignation ; consentez qu'ils se rassemblent à ma voix, et qu'ils vous appellent traître, ingrat, perfide, homme faux, homme méchant. Ce sont mes amis et les vôtres : consentez qu'au moment où je vous perdrais, il ne vous en reste aucun. Vous, mes amis, jurez-moi de le laisser seul." À l'instant le salon retentit de cris mêlés : "Je promets !", "je permets !", "je consens !", "nous le jurons !" Et au milieu de ce tumulte délicieux, le chevalier, qui avait jeté ses bras autour de Mme de La Carlière, la baisait sur le front, sur les yeux, sur les joues. "Mais, chevalier !"

« — Mais, madame, la cérémonie est faite ; je suis votre époux, vous êtes ma femme.

« — Au fond des bois, assurément ; ici il manque une petite formalité d'usage. En attendant mieux, tenez,

1. Prenez à témoin.

voilà mon portrait, faites-en ce qu'il vous plaira. N'avez-vous pas ordonné le vôtre ? Si vous l'avez, donnez-le-moi."

« Desroches présenta son portrait à Mme de La Carlière, qui le mit à son bras, et qui se fit appeler le reste de la journée Mme Desroches.

— Je suis bien pressé de savoir ce que cela deviendra.

— Un moment de patience. Je vous ai promis d'être long ; et il faut que je tienne parole. Mais... il est vrai : c'était dans le temps de votre grande tournée, et vous étiez alors absent du royaume.

« Deux ans, deux ans entiers, Desroches et sa femme furent les époux les plus unis, les plus heureux. On crut Desroches vraiment corrigé, et il l'était en effet. Ses amis de libertinage, qui avaient entendu parler de la scène précédente et qui en avaient plaisanté, disaient que c'était réellement le prêtre qui portait malheur, et que Mme de La Carlière avait découvert, au bout de deux mille ans, le secret d'esquiver la malédiction du sacrement[1]. Desroches eut un enfant de Mme de La Carlière que j'appellerai Mme Desroches jusqu'à ce qu'il me convienne d'en user autrement. Elle voulut absolument le nourrir. Ce fut un long et périlleux intervalle pour un jeune homme d'un tempérament ardent, et peu fait à cette espèce de régime[2]. Tandis que Mme Desroches était à ses fonctions...

---

1. Une malédiction pèse sur le sacrement du mariage puisqu'il est battu en brèche par l'inconstance naturelle des hommes. Mme de La Carlière semble y avoir échappé puisque, à ce moment, Desroches ne lui a pas été infidèle. **2.** À cette époque une femme qui allaitait était tenue à la chasteté. Quand le mari était, comme Desroches, « un jeune homme d'un tempérament ardent », il se trouvait de ce fait condamné à un « régime » d'abstinence (toutefois – et notamment dans l'aristocratie où la fidélité n'était pas de mise dans le mariage –,

— Son mari se répandait dans la société, et il eut le malheur de trouver un jour sur son chemin une de ces femmes séduisantes, artificieuses, secrètement irritées de voir ailleurs une concorde qu'elles ont exclue de chez elles, et dont il semble que l'étude et la consolation soient de plonger les autres dans la misère qu'elles éprouvent.

— C'est votre histoire, mais ce n'est pas la sienne. Desroches, qui se connaissait, qui connaissait sa femme, qui la respectait, qui la redoutait…

— C'est presque la même chose.

— Passait ses journées à côté d'elle ; son enfant, dont il était fou, était presque aussi souvent entre ses bras qu'entre ceux de la mère, dont il s'occupait, avec quelques amis communs, à soulager la tâche honnête, mais pénible, par la variété des amusements domestiques.

— Cela est fort beau.

— Certainement. Un de ces amis s'était engagé dans les opérations[1] du gouvernement. Le ministère lui redevait une somme considérable qui faisait presque toute sa fortune et dont il sollicitait inutilement la rentrée. Il s'en ouvrit à Desroches. Celui-ci se rappela qu'il avait été autrefois fort bien avec une femme assez puissante par ses liaisons pour finir cette affaire. Il se tut, mais dès le lendemain il vit cette femme et lui parla. On fut enchanté de retrouver et de servir un galant homme qu'on avait tendrement aimé et sacrifié à des vues ambitieuses. Cette première entrevue fut suivie de plusieurs autres. Cette femme était charmante ; elle avait des torts, et la manière dont elle s'en expliquait

l'usage lui permettait de satisfaire ses désirs auprès d'une maîtresse ou d'une servante).

1. Opérations financières.

n'était point équivoque[1]. Desroches fut quelque temps incertain de ce qu'il ferait.

— Ma foi, je ne sais pas pourquoi.

— Mais, moitié goût, désœuvrement ou faiblesse, moitié crainte qu'un misérable scrupule…

— Sur un amusement assez indifférent à sa femme…

— Ne ralentît la vivacité de la protectrice de son ami, et n'arrêtât le succès de sa négociation, il oublia un moment Mme Desroches et s'engagea dans une intrigue quc sa complice avait le plus grand intérêt de tenir secrète, et dans une correspondance nécessaire et suivie. On se voyait peu, mais on s'écrivait souvent. J'ai dit cent fois aux amants : "N'écrivez point, les lettres vous perdront : tôt ou tard le hasard en détournera une de son adresse." Le hasard combine tous les cas possibles, et il ne lui faut que du temps pour amener la chance fatale.

— Aucuns ne vous ont cru ?

— Et tous se sont perdus, et Desroches comme cent mille qui l'ont précédé et cent mille qui le suivront. Celui-ci gardait les siennes dans un de ces petits coffrets cerclés en dessus et par les côtés de lames d'acier. À la ville, à la campagne, le coffret était sous la clef d'un secrétaire ; en voyage, il était déposé dans une des malles de Desroches ou sur le devant de la voiture, cette fois-ci il était sur le devant. Ils partent, ils arrivent. En mettant pied à terre, Desroches donne à un domestique le coffret à porter dans son appartement, où l'on

1. Cette femme « puissante par ses liaisons » regrette donc d'avoir sacrifié son amour pour Desroches pour satisfaire son ambition en épousant un homme de pouvoir. Elle lui fait entendre qu'elle est prête à réparer ses « torts » en renouant avec lui. (Voir p. 127, commentaire C.)

n'arrivait qu'en traversant celui de sa femme. Là, l'anneau casse, le coffret tombe, le dessus se sépare du reste, et voilà une multitude de lettres éparses aux pieds de Mme Desroches. Elle en ramasse quelques-unes et se convainc de la perfidie de son époux. Elle ne se rappela jamais cet instant sans frisson. Elle me disait qu'une sueur froide s'était échappée de toutes les parties de son corps, et qu'il lui avait semblé qu'une griffe de fer lui serrait le cœur et tiraillait ses entrailles. Que va-t-elle devenir ? Que fera-t-elle ? Elle se recueillit ; elle rappela ce qui lui restait de raison et de force : entre ces lettres, elle fit choix de quelques-unes des plus significatives ; elle rajusta le fond du coffret, et ordonna au domestique de le placer dans l'appartement de son maître sans parler de ce qui venait d'arriver, sous peine d'être chassé sur-le-champ. Elle avait promis à Desroches qu'il n'entendrait jamais une plainte de sa bouche, elle tint parole. Cependant la tristesse s'empara d'elle : elle pleurait quelquefois ; elle voulait être seule chez elle ou à la promenade ; elle se faisait servir dans son appartement ; elle gardait un silence continu ; il ne lui échappait que quelques soupirs involontaires. L'affligé mais tranquille Desroches traitait cet état de vapeurs[1], quoique les femmes qui nourrissent n'y soient pas sujettes. En très peu de temps la santé de sa femme s'affaiblit au point qu'il fallut quitter la campagne et s'en revenir à la ville. Elle obtint de son

1. « On appelle aussi *Vapeurs*, dans le corps humain, les affections hypocondriaques et hystériques, parce qu'on les croyait causées par des fumées élevées de l'estomac ou du bas-ventre vers le cerveau. Les médecins les attribuent aujourd'hui aux mouvements spasmodiques des nerfs » (*Dictionnaire de l'Académie française*, 1762). Ces troubles psychologiques (auxquels on donnait ainsi une explication physiologique) étaient censés affecter surtout les femmes, et les femmes de la bonne société.

mari de faire la route dans une voiture séparée. De retour ici, elle mit dans ses procédés tant de réserve et d'adresse que Desroches, qui ne s'était point aperçu de la soustraction des lettres, ne vit dans les légers dédains de sa femme, son indifférence, ses soupirs échappés, ses larmes retenues, son goût pour la solitude, que les symptômes accoutumés de l'indisposition qu'il lui croyait. Quelquefois il lui conseillait d'interrompre la nourriture de son enfant ; c'était précisément le seul moyen d'éloigner tant qu'il lui plairait un éclaircissement entre elle et son mari[1]. Desroches continuait donc de vivre à côté de sa femme dans la plus entière sécurité sur le mystère de sa conduite, lorsqu'un matin elle lui apparut grande, noble, digne, vêtue du même habit et parée des mêmes ajustements qu'elle avait portés dans la cérémonie domestique de la veille de son mariage. Ce qu'elle avait de fraîcheur et d'embonpoint[2], ce que la peine secrète dont elle était consumée lui avait ôté de charmes, était réparé avec avantage par la noblesse de son maintien. Desroches écrivait à son amie lorsque sa femme entra. Le trouble les saisit l'un et l'autre, mais, tous les deux également habiles et intéressés à dissimuler, ce trouble ne fit que passer. “Oh ma femme ! s'écria Desroches en la voyant et en chiffonnant, comme de distraction, le papier qu'il avait écrit, que vous êtes belle ! Quels sont vos projets du jour ? — Mon projet, monsieur, est de rassembler les deux familles. Nos amis, nos parents sont invités, et je compte sur vous. — Certainement. À quelle heure me désirez-vous ? — À quelle heure je vous désire ? mais… à l'heure accoutumée. — Vous avez un éventail

---

1. Cessant d'allaiter son enfant, l'épouse n'aurait plus de raison de se refuser à son mari et lui devrait donc « un éclaircissement » qui ne pourrait que précipiter la crise. 2. Bonne santé.

et des gants, est-ce que vous sortez ? — Si vous le permettez. — Et pourrait-on savoir où vous allez ? — Chez ma mère. — Je vous prie de lui présenter mon respect. — Votre respect ! — Assurément.”

« Mme Desroches ne rentra qu'à l'heure de se mettre à table. Les convives étaient arrivés, on l'attendait. Aussitôt qu'elle parut, ce fut la même exclamation que celle de son mari ; les hommes, les femmes l'entourèrent en disant tous à la fois : “Mais voyez donc, qu'elle est belle !” Les femmes rajustaient quelque chose qui s'était dérangé à sa coiffure, les hommes, placés à distance et immobiles d'admiration, répétaient entre eux : “Non, Dieu ni la nature n'ont rien fait, n'ont rien pu faire de plus imposant, de plus grand, de plus beau, de plus noble, de plus parfait. — Mais, ma femme, lui disait Desroches, vous ne me paraissez pas sensible à l'impression que vous faites sur nous. De grâce, ne souriez pas, un souris[1], accompagné de tant de charmes, nous ravirait à tous le sens commun.” Mme Desroches répondit d'un léger mouvement d'indignation, détourna la tête et porta son mouchoir à ses yeux qui commençaient à s'humecter. Les femmes, qui remarquent tout, se demandaient tout bas : “Qu'a-t-elle donc ? On dirait qu'elle ait envie de pleurer.” Desroches, qui les devinait, portait la main à son front et leur faisait signe que la tête de madame était un peu dérangée[2].

— En effet, on m'écrivit au loin qu'il se répandait un bruit sourd que la belle Mme Desroches, ci-devant la belle Mme de La Carlière, était devenue folle.

— On servit. La gaieté se montrait sur tous les

1. Sourire. 2. « Dérangée » par les « vapeurs » qui seraient montées au cerveau de Mme de La Carlière. Mais le public, malveillant, parle de folie.

visages, excepté sur celui de Mme de La Carlière. Desroches la plaisanta légèrement sur son air de dignité. Il ne faisait pas assez de cas de sa raison ni de celle de ses amis pour craindre le danger d'un de ses souris. "Ma femme, si tu voulais sourire..." Mme de La Carlière affecta de ne pas entendre et garda son air grave. Les femmes dirent que toutes les physionomies lui allaient si bien qu'on pouvait lui en laisser le choix. Le repas est achevé ; on rentre dans le salon. Le cercle est formé. Mme de La Carlière...

— Vous voulez dire Mme Desroches ?

— Non, il ne me plaît plus de l'appeler ainsi. Mme de La Carlière sonne ; elle fait signe, on lui apporte son enfant. Elle le reçoit en tremblant, elle découvre son sein, lui donne à téter et le rend à la gouvernante, après l'avoir regardé tristement et mouillé d'une larme qui tomba sur le visage de l'enfant. Elle dit en essuyant cette larme : "Ce ne sera pas la dernière." Mais ces mots furent prononcés si bas qu'on les entendit à peine. Ce spectacle attendrit tous les assistants et établit dans le salon un silence profond. Ce fut alors que Mme de La Carlière se leva et, s'adressant à la compagnie, dit ce qui suit ou l'équivalent : "Mes parents, mes amis, vous y étiez tous le jour que j'engageai ma foi à M. Desroches et qu'il m'engagea la sienne. Les conditions auxquelles je reçus sa main et lui donnai la mienne, vous vous les rappelez sans doute. Monsieur Desroches, parlez. Ai-je été fidèle à mes promesses ? — Jusqu'au scrupule. — Et vous, monsieur, vous m'avez trompée, vous m'avez trahie. — Moi, madame ! — Vous, monsieur. — Qui sont les malheureux, les indignes... — Il n'y a de malheureux ici que moi, et d'indigne que vous... — Madame... ma femme... — Je ne la suis plus... — Madame... — Monsieur, n'ajoutez pas le mensonge et l'arrogance à la perfidie. Plus vous vous défendrez, plus vous serez confus. Épargnez-vous vous-même.”

« En achevant ces mots, elle tira les lettres de sa poche, en présenta de côté quelques-unes à Desroches et distribua les autres aux assistants. On les prit, mais on ne les lisait pas. “Messieurs, mesdames, disait Mme de La Carlière, lisez et jugez-nous. Vous ne sortirez point d'ici sans avoir prononcé.” Puis s'adressant à Desroches : “Vous, monsieur, vous devez reconnaître l'écriture.” On hésita encore, mais, sur les instances réitérées de Mme de La Carlière, on lut. Cependant Desroches, tremblant, immobile, s'était appuyé la tête contre une glace, le dos tourné à la compagnie, qu'il n'osait regarder. Un de ses amis en eut pitié, le prit par la main, et l'entraîna hors du salon.

— Dans les détails qu'on me fit de cette scène, on me disait qu'il avait été bien plat, et sa femme honnêtement ridicule.

— L'absence de Desroches mit à l'aise : on convint de sa faute ; on approuva le ressentiment de Mme de La Carlière, pourvu qu'elle ne le poussât pas trop loin ; on s'attroupa autour d'elle, on la pressa, on la supplia, on la conjura ; l'ami qui avait entraîné Desroches entrait et sortait, l'instruisant de ce qui se passait. Mme de La Carlière resta ferme dans une résolution dont elle ne s'était point encore expliquée. Elle ne répondait que le même mot à tout ce qu'on lui représentait ; elle disait aux femmes : “Mesdames, je ne blâme point votre indulgence”, aux hommes : “Messieurs, cela ne se peut ; la confiance est perdue, et il n'y a point de ressource.” On ramena le mari ; il était plus mort que vif, il tomba plutôt qu'il ne se jeta aux pieds de sa femme, il y restait sans parler. Mme de La Carlière lui dit : “Monsieur, relevez-vous.” Il se releva et elle ajouta : “Vous êtes un mauvais époux ; êtes-vous, n'êtes-vous pas un galant homme, c'est ce que je vais savoir. Je ne puis ni vous aimer ni vous estimer, c'est vous déclarer que nous ne sommes pas faits pour vivre ensemble. Je vous abandonne ma fortune, je n'en réclame qu'une partie suffisante pour ma subsistance étroite et celle de mon enfant. Ma mère est prévenue, j'ai un logement préparé chez elle, et vous permettrez que je l'aille occuper sur-le-champ. La seule grâce que je demande et que je suis en droit d'obtenir, c'est de m'épargner un éclat qui ne changerait pas mes desseins, et dont le seul effet serait d'accélérer la cruelle sentence que vous avez prononcée contre moi. Souffrez que j'emporte mon enfant, et que j'attende à côté de ma mère qu'elle me ferme les yeux ou que je ferme les siens. Si vous avez de la peine, soyez sûr que ma douleur et le grand âge de ma mère la finiront bientôt."

« Cependant les pleurs coulaient de tous les yeux ; les femmes lui tenaient les mains, les hommes s'étaient prosternés. Mais ce fut lorsque Mme de La Carlière s'avança vers la porte, tenant son enfant entre ses bras, qu'on entendit des sanglots et des cris. Le mari criait : "Ma femme ! ma femme ! écoutez-moi ; vous ne savez pas." Les hommes criaient, les femmes criaient : "Madame Desroches ! madame !" Le mari criait : "Mes amis, la laisserez-vous aller ? Arrêtez-la, arrêtez-la donc ! Qu'elle m'entende, que je lui parle." Comme on le pressait de se jeter au-devant d'elle : "Non, disait-il, je ne saurais, je n'oserais : moi, porter une main sur elle ! la toucher ! je n'en suis pas digne."

« Mme de La Carlière partit. J'étais chez sa mère lorsqu'elle y arriva, brisée des efforts qu'elle s'était faits. Trois de ses domestiques l'avaient descendue de sa voiture et la portaient par la tête et par les pieds ; suivait la gouvernante, pâle comme la mort, avec l'enfant endormi sur son sein. On déposa cette malheureuse femme sur un lit de repos, où elle resta longtemps sans mouvement, sous les yeux de sa vieille et respectable mère, qui ouvrait la bouche sans crier, qui s'agitait autour d'elle, qui voulait secourir sa fille et qui ne le pouvait. Enfin la connaissance lui revint, et ses premiers mots, en levant les paupières, furent : "Je ne suis donc pas morte ? C'est une chose bien douce que d'être morte. Ma mère, mettez-vous là, à côté de moi, et mourons toutes deux. Mais si nous mourons, qui aura soin de ce pauvre enfant ?" Alors elle prit les deux mains sèches et tremblantes de sa mère dans une des siennes, elle posa l'autre sur son enfant ; elle se mit à répandre un torrent de larmes : elle sanglotait, elle voulait se plaindre, mais sa plainte et ses sanglots étaient interrompus d'un hoquet violent. Lorsqu'elle put articuler quelques paroles, elle dit : "Serait-il possible qu'il souffrît autant que moi !"

« Cependant on s'occupait à consoler Desroches et à lui persuader que le ressentiment d'une faute aussi légère que la sienne ne pourrait durer, mais qu'il fallait accorder quelques instants à l'orgueil d'une femme fière, sensible et blessée, et que la solennité d'une cérémonie extraordinaire engageait presque d'honneur à une démarche violente. "C'est un peu notre faute, disaient les hommes. — Vraiment oui, disaient les femmes ; si nous eussions vu sa sublime momerie du même œil que le public et la comtesse, rien de ce qui nous désole à présent ne serait arrivé. — C'est que les choses d'un certain appareil nous en imposent, et que nous nous laissons aller à une sotte admiration lorsqu'il n'y aurait qu'à hausser les épaules et rire. — Vous verrez, vous verrez le beau train que cette dernière scène va faire, et comme on nous tympanisera tous."

— Entre nous, cela prêtait[1].

— De ce jour, Mme de La Carlière reprit son nom de veuve et ne souffrit jamais qu'on l'appelât Mme Desroches. Sa porte, longtemps fermée à tout le monde, le fut pour toujours à son mari. Il écrivit, on brûla ses lettres sans les ouvrir. Mme de La Carlière déclara à ses parents et à ses amis qu'elle cesserait de voir le premier qui intercéderait pour lui. Les prêtres s'en mêlèrent sans fruit. Pour les grands, elle rejeta leur médiation avec tant de hauteur et de fermeté qu'elle en fut bientôt délivrée.

— Ils dirent sans doute que c'était une impertinente, une prude renforcée.

— Et les autres le répétèrent tous d'après eux. Cependant elle était absorbée dans la mélancolie[2] ; sa santé s'était détruite avec une rapidité inconcevable. Tant de personnes étaient confidentes de cette séparation inattendue et du motif singulier qui l'avait amenée, que ce fut bientôt l'entretien général. C'est ici que je vous prie de détourner vos yeux, s'il se peut, de Mme de La Carlière, pour les fixer sur le public, sur cette foule imbécile qui nous juge, qui dispose de notre honneur, qui nous porte aux nues ou qui nous traîne dans la fange, et qu'on respecte d'autant plus qu'on a moins d'énergie et de vertu. Esclaves du public, vous pourrez être les fils adoptifs du tyran ; mais vous ne verrez

---

1. Les parents et les amis de Mme de La Carlière s'attendent à être blâmés publiquement et bruyamment (*tympanisés*) pour l'avoir laissée se conduire de manière si extraordinaire. Le public va en effet suivre l'opinion des aristocrates de haut rang (les « grands »), pour lesquels le mariage n'impliquait nullement la fidélité entre époux : ils jugent que cette femme ne peut être qu'une extravagante (une « impertinente ») et une grande hypocrite (une « prude renforcée », qui affecte une rigueur morale extrême). **2.** Neurasthénie.

jamais le quatrième jour des Ides[1] ! Il n'y avait qu'un avis sur la conduite de Mme de La Carlière : "C'était une folle à enfermer. — Le bel exemple à donner et à suivre ! — C'est à séparer les trois quarts des maris de leurs femmes. — Les trois quarts, dites-vous ? Est-ce qu'il y en a deux sur cent qui soient fidèles à la rigueur ? — Mme de La Carlière est très aimable, sans contredit ; elle avait fait ses conditions, d'accord ; c'est la beauté, la vertu, l'honnêteté même ; ajoutez que le chevalier lui doit tout ; mais aussi vouloir, dans tout un royaume, être l'unique à qui son mari s'en tienne strictement, la prétention est par trop ridicule." Et puis l'on continuait : "Si le Desroches en est si féru, que ne s'adresse-t-il aux lois, et que ne met-il cette femme à la raison ?" Jugez de ce qu'ils auraient dit si Desroches ou son ami avait pu s'expliquer ; mais tout les réduisait au silence. Ces derniers propos furent inutilement rebattus aux oreilles du chevalier ; il eût tout mis en œuvre pour recouvrer sa femme, excepté la violence. Cependant Mme de La Carlière était une femme vénérée ; et du centre de ces voix qui la blâmaient, il s'en élevait quelques-unes qui hasardaient un mot de défense, mais un mot bien timide, bien faible, bien réservé, moins de conviction que d'honnêteté[2].

— Dans les circonstances les plus équivoques, le parti de l'honnêteté se grossit sans cesse de transfuges.

— C'est bien vu.

— Le malheur qui dure réconcilie avec tous les

1. Allusion savante et obscure à l'histoire romaine, peut-être à l'assassinat de César par son fils adoptif Brutus et d'autres conjurés. Autrement dit, ceux qui ont su obtenir les faveurs du public parce qu'ils manquent « d'énergie et de vertu » (de vigueur morale) sont condamnés à rester les « esclaves » de ce tyran. 2. Politesse.

hommes, et la perte des charmes d'une belle femme la réconcilie avec toutes les autres.

— Encore mieux. En effet, lorsque la belle Mme de La Carlière ne présenta plus que son squelette, le propos de la commisération se mêla à celui du blâme : "S'éteindre à la fleur de son âge, passer ainsi, et cela par la trahison d'un homme qu'elle avait bien averti, qui devait la connaître, et qui n'avait qu'un seul moyen d'acquitter tout ce qu'elle avait fait pour lui : car, entre nous, lorsque ce Desroches l'épousa, c'était un cadet de Bretagne qui n'avait que la cape et l'épée. — La pauvre Mme de La Carlière ! cela est pourtant bien triste. — Mais aussi, pourquoi ne pas retourner avec lui ? — Ah ! pourquoi ? C'est que chacun a son caractère, et qu'il serait peut-être à souhaiter que celui-là fût plus commun ; nos seigneurs et maîtres y regarderaient à deux fois."

« Tandis qu'on s'amusait ainsi pour et contre, en faisant du filet ou en brodant une veste, et que la balance penchait insensiblement en faveur de Mme de La Carlière, Desroches était tombé dans un état déplorable d'esprit et de corps, mais on ne le voyait pas ; il s'était retiré à la campagne où il attendait dans la douleur et dans l'ennui un sentiment de pitié qu'il avait inutilement sollicité par toutes les voies de la soumission. De son côté, réduite au dernier degré d'appauvrissement et de faiblesse, Mme de La Carlière fut obligée de remettre à une mercenaire[1] la nourriture de son enfant. L'accident qu'elle redoutait d'un changement de lait arriva ; de jour en jour l'enfant dépérit et mourut. Ce fut alors qu'on dit : "Savez-vous ? cette pauvre Mme de La Carlière a perdu son enfant. — Elle

1. Une nourrice rétribuée.

doit en être inconsolable. — Qu'appelez-vous inconsolable ? C'est un chagrin qui ne se conçoit pas. Je l'ai vue, cela fait pitié ! on n'y tient pas. — Et Desroches ? — Ne me parlez pas des hommes, ce sont des tigres. Si cette femme lui était un peu chère, est-ce qu'il serait à sa campagne ? est-ce qu'il n'aurait pas accouru ? est-ce qu'il ne l'obséderait pas dans les rues, dans les églises, à sa porte ? C'est qu'on se fait ouvrir une porte quand on le veut bien ; c'est qu'on y reste, qu'on y couche, qu'on y meurt." C'est que Desroches n'avait omis aucune de ces choses, et qu'on l'ignorait ; car le point important n'est pas de savoir, mais de parler. On parlait donc : "L'enfant est mort. Qui sait si ce n'aurait pas été un monstre comme son père ? — La mère se meurt. — Et le mari, que fait-il pendant ce temps-là ? — Belle question ! Le jour, il court la forêt à la suite de ses chiens, et il passe la nuit à crapuler avec des espèces comme lui[1]. — Fort bien."

« Autre événement : Desroches avait obtenu les honneurs de son état. Lorsqu'il épousa, Mme de La Carlière avait exigé qu'il quittât le service et qu'il cédât son régiment à son frère cadet.

— Est-ce que Desroches avait un cadet ?

— Non, mais bien Mme de La Carlière.

— Eh bien ?

— Eh bien ! le jeune homme est tué à la première bataille, et voilà qu'on s'écrie de tous côtés : "Le malheur est entré dans cette maison avec ce Desroches !" À les entendre, on eût cru que le coup dont le jeune officier avait été tué était parti de la main de Desroches. C'était un déchaînement, un déraisonnement aussi

1. Le malheureux Desroches est donc calomnié, accusé de se livrer à la débauche, d'être une « espèce » (comme le neveu de Rameau), un homme vil et non un homme de bien.

général qu'inconcevable. À mesure que les peines de Mme de La Carlière se succédaient, le caractère de Desroches se noircissait, sa trahison s'exagérait, et, sans en être ni plus ni moins coupable, il en devenait de jour en jour plus odieux. Vous croyez que c'est tout ? Non, non. La mère de Mme de La Carlière avait ses soixante et seize ans passés. Je conçois que la mort de son petit-fils et le spectacle assidu de la douleur de sa fille suffisaient pour abréger ses jours ; mais elle était décrépite, mais elle était infirme. N'importe : on oublia sa vieillesse et ses infirmités, et Desroches fut encore responsable de sa mort. Pour le coup, on trancha le mot[1], et ce fut un misérable, dont Mme de La Carlière ne pouvait se rapprocher sans fouler aux pieds toute pudeur ; le meurtrier de sa mère, de son frère, de son fils !

— Mais, d'après cette belle logique, si Mme de La Carlière était morte, surtout après une maladie longue et douloureuse qui eût permis à l'injustice et à la haine publiques de faire tous leurs progrès, ils auraient dû le regarder comme l'exécrable assassin de toute une famille.

— C'est ce qui arriva et ce qu'ils firent.

— Bon !

— Si vous ne m'en croyez pas, adressez-vous à quelques-uns de ceux qui sont ici, et vous verrez comment ils s'en expliqueront. S'il est resté seul dans le salon, c'est qu'au moment où il s'est présenté, chacun lui a tourné le dos.

— Pourquoi donc ? On sait qu'un homme est un coquin, mais cela n'empêche pas qu'on ne l'accueille.

— L'affaire est un peu récente, et tous ces gens-là

1. On parla sans détour.

sont les parents ou les amis de la défunte. Mme de La Carlière mourut la seconde fête de la Pentecôte dernière, et savez-vous où ? À Saint-Eustache, à la messe de la paroisse, au milieu d'un peuple nombreux.

— Mais quelle folie ! On meurt dans son lit. Qui est-ce qui s'est jamais avisé de mourir à l'église ? Cette femme avait projeté d'être bizarre jusqu'au bout.

— Oui, bizarre, c'est le mot. Elle se trouvait un peu mieux ; elle s'était confessée la veille ; elle se croyait assez de force pour aller recevoir le sacrement à l'église, au lieu de l'appeler chez elle. On la porte dans une chaise. Elle entend l'office, sans se plaindre et sans paraître souffrir. Le moment de la communion arrive ; ses femmes lui donnent le bras et la conduisent à la sainte table ; le prêtre la communie, elle s'incline comme pour se recueillir et elle expire.

— Elle expire !

— Oui, elle expire bizarrement, comme vous l'avez dit.

— Et Dieu sait le tumulte !

— Laissons cela, on le conçoit de reste, et venons à la suite.

— C'est que cette femme en devint cent fois plus intéressante et son mari cent fois plus abominable.

— Cela va sans dire.

— Et ce n'est pas tout ?

— Non. Le hasard voulut que Desroches se trouvât sur le passage de Mme de La Carlière lorsqu'on la transférait morte de l'église dans sa maison.

— Tout semble conspirer contre ce pauvre diable.

— Il approche, il reconnaît sa femme, il pousse des cris. On demande qui est cet homme. Du milieu de la foule il s'élève une voix indiscrète (c'était celle d'un prêtre de la paroisse), qui dit : "C'est l'assassin de cette femme." Desroches ajoute, en se tordant les bras, en s'arrachant les cheveux : "Oui, oui, je le suis." À l'instant, on s'attroupe autour de lui, on le charge d'imprécations, on ramasse des pierres, et c'était un homme assommé sur la place, si quelques honnêtes gens ne l'avaient sauvé de la fureur de la populace irritée.

— Et quelle avait été sa conduite pendant la maladie de sa femme ?

— Aussi bonne qu'elle pouvait l'être. Trompé, comme nous tous, par Mme de La Carlière, qui dérobait aux autres, et qui peut-être se dissimulait à elle-même sa fin prochaine…

— J'entends, il n'en fut pas moins un barbare, un inhumain.

— Une bête féroce, qui avait enfoncé peu à peu un poignard dans le sein d'une femme divine, son épouse et sa bienfaitrice, et qu'il avait laissé périr sans se montrer, sans donner le moindre signe d'intérêt et de sensibilité.

— Et cela pour n'avoir pas su ce qu'on lui cachait.

— Et ce qui était ignoré de ceux mêmes qui vivaient autour d'elle.

— Et qui étaient à portée de la voir tous les jours.

— Précisément ; et voilà ce que c'est que le jugement public de nos actions particulières. Voilà comme une faute légère…

— Oh ! très légère.

— S'aggrave à leurs yeux par une suite d'événements qu'il était de toute impossibilité de prévoir et d'empêcher.

— Même par des circonstances tout à fait étrangères à la première origine, telles que la mort du frère de Mme de La Carlière par la cession du régiment de Desroches.

— C'est qu'ils sont en bien comme en mal alternativement panégyristes ridicules ou censeurs absurdes.

L'événement est toujours la mesure de leur éloge et de leur blâme. Mon ami, écoutez-les, s'ils ne vous ennuient pas, mais ne les croyez point et ne les répétez jamais, sous peine d'appuyer une impertinence de la vôtre. À quoi pensez-vous donc ? vous rêvez.

— Je change la thèse, en supposant un procédé plus ordinaire à Mme de La Carlière. Elle trouve les lettres ; elle boude. Au bout de quelques jours, l'humeur amène une explication et l'oreiller un raccommodement, comme c'est l'usage. Malgré les excuses, les protestations et les serments renouvelés, le caractère léger de Desroches le rentraîne dans une seconde erreur ; autre bouderie, autre explication, autre raccommodement, autres serments, autres parjures, et ainsi de suite pendant une trentaine d'années, comme c'est l'usage. Cependant Desroches est un galant homme qui s'occupe à réparer par des égards multipliés, par une complaisance sans bornes, une assez petite injure.

— Comme il n'est pas toujours d'usage.

— Point de séparation, point d'éclat ; ils vivent ensemble comme nous vivons tous ; et la belle-mère, et la mère, et le frère et l'enfant seraient morts, qu'on n'en aurait pas sonné le mot.

— Ou qu'on n'en aurait parlé que pour plaindre un infortuné poursuivi par le sort et accablé de malheurs.

— Il est vrai.

— D'où je conclus que vous n'êtes pas loin d'accorder à cette vilaine bête à cent mille mauvaises têtes et à autant de mauvaises langues, tout le mépris qu'elle mérite. Mais tôt ou tard le sens commun lui revient, et le discours de l'avenir rectifie le bavardage du présent.

— Ainsi vous croyez qu'il y aura un moment où la chose sera vue telle qu'elle est, Mme de La Carlière accusée et Desroches absous ?

— Je ne pense pas même que ce moment soit éloigné. Premièrement, parce que les absents ont tort et qu'il n'y a pas d'absent plus absent qu'un mort. Secondement, c'est qu'on parle, on dispute, les aventures les plus usées reparaissent en conversation et sont pesées avec moins de partialité. C'est qu'on verra peut-être encore dix ans ce pauvre Desroches, comme vous l'avez vu, traînant de maison en maison sa malheureuse existence ; qu'on se rapprochera de lui, qu'on l'interrogera, qu'on l'écoutera, qu'il n'aura plus aucune raison de se taire, qu'on saura le fond de son histoire, qu'on réduira sa première sottise à rien.

— À ce qu'elle vaut.

— Et que nous sommes assez jeunes tous deux pour entendre traiter la belle, la grande, la vertueuse, la digne Mme de La Carlière d'inflexible et hautaine bégueule ; car ils se poussent tous les uns les autres, et comme ils n'ont point de règles dans leurs jugements, ils n'ont pas plus de mesure dans leur expression.

— Mais si vous aviez une fille à marier, la donneriez-vous à Desroches ?

— Sans délibérer, parce que le hasard l'avait engagé dans un de ces pas glissants dont ni vous, ni moi, ni personne ne peut se promettre de se tirer ; parce que l'amitié, l'honnêteté, la bienfaisance, toutes les circonstances possibles avaient préparé sa faute et son excuse ; parce que la conduite qu'il a tenue, depuis sa séparation volontaire d'avec sa femme, a été irrépréhensible, et que, sans approuver les maris infidèles, je ne prise pas autrement les femmes qui mettent tant d'importance à cette rare qualité. Et puis j'ai mes idées, peut-être justes, à coup sûr bizarres, sur certaines actions que je regarde moins comme des vices de l'homme que comme des conséquences de nos législations absurdes, sources de mœurs aussi absurdes qu'elles et d'une dépravation que j'appellerais volontiers artificielle. Cela n'est pas trop clair, mais cela s'éclaircira peut-être une autre fois[1]. Et regagnons notre gîte ; j'entends d'ici les cris enroués de deux ou trois de nos vieilles brelandières[2] qui vous appellent ; sans compter que voilà le jour qui tombe et la nuit qui s'avance avec ce nombreux cortège d'étoiles que je vous avais promis[3].

— Il est vrai. »

---

1. Les considérations météorologiques sur lesquelles s'achève ce conte se retrouvent au début du *Supplément au voyage de Bougainville*, qui en constitue donc une sorte de suite. En donnant un tableau idéalisé de la société tahitienne, Diderot y développe en effet l'idée que les lois civiles et religieuses qui restreignent la sexualité sont absurdes parce qu'elles vont à l'encontre de la nature, créent des crimes artificiels et rendent les hommes coupables ou malheureux. 2. Femmes qui jouent au *brelan* (jeu de cartes). 3. Le narrateur a donc bien jugé, en connaissance de cause (voir l'ouverture du conte, p. 17), de l'évolution du temps. Cela conduit à accorder du crédit à tous les jugements qu'il a énoncés précédemment.

Madame de La Pommeraye

Jacques le Fataliste *mêle constamment récits et dialogues, qui s'imbriquent à plusieurs niveaux. Le roman raconte le voyage de Jacques et de son maître, mais ce récit est sans cesse interrompu par d'autres histoires et par le dialogue que l'« auteur » entretient avec le « lecteur ». En outre, à la demande pressante de son maître, aristocrate oisif doté d'« un furieux goût pour les contes » (p. 117), Jacques, qui est heureusement un bavard effréné, lui raconte l'histoire de ses amours, ce nouveau récit étant lui-même interrompu par les observations du maître, les interventions de l'« auteur » reprenant la main ou les rencontres que font les deux voyageurs. Enfin, certains des personnages rencontrés racontent à leur tour d'autres histoires que Jacques et son maître ne manquent pas de commenter, tout comme l'« auteur » et le « lecteur ».*

Jacques, qui a été soldat, tient de son ancien capitaine une doctrine qu'on n'appellerait pas aujourd'hui fatalisme *mais* déterminisme[1] *et qui, dans sa bouche, se trouve réduite plaisamment à*

---

1. Le mot *déterminisme* apparaît en français au début du XIXe siècle. Sur le *fatalisme* de Diderot, voir le commentaire A, p. 123.

quelques formules imagées niant la liberté humaine : « Jacques disait que son capitaine disait que tout ce qui nous arrive de bien et de mal ici-bas était écrit là-haut » (JLF, p. 43) et que « chaque balle qui partait d'un fusil avait son billet » (JLF, p. 43). Selon lui, « les bonnes et mauvaises aventures » d'une vie « se tiennent ni plus ni moins que les chaînons d'une gourmette » (JLF, p. 44). Cette « espèce de philosophe » manifeste aussi sa foi en cette doctrine en refusant de répondre aux questions portant sur l'avenir, au principe que l'homme ne le maîtrise nullement. Ce fatalisme est partagé par l'« auteur » qui élude les questions du « lecteur » (« Où allaient-ils ? — Est-ce que l'on sait où l'on va ? », JLF, p. 43) et le plonge dans une imbrication de récits et de dialogues qui semble être le fruit du hasard, à l'image de la vie humaine que personne n'est libre d'ordonner à sa guise.

Ainsi, au thème narratif du voyage qui sert de fil conducteur à ce roman foisonnant s'ajoute un thème philosophique qui conduit le lecteur à s'interroger sur la notion de libre arbitre : il est abordé explicitement dans la conversation entre les deux voyageurs mais il est aussi présent, implicitement, dans l'histoire de Mme de La Pommeraye et du marquis des Arcis.

Un soir, en arrivant dans l'auberge où ils doivent passer la nuit, Jacques et son maître assistent à une dispute : la patronne de l'auberge (l'« hôtesse ») insulte deux clients qu'elle accuse d'avoir maltraité « [sa] pauvre Nicole » : il a fallu faire venir un chirurgien, la mettre au lit, « elle en sera peut-être estropiée pour le reste de sa vie ». Elle finit par se calmer et fait servir le dîner des deux voyageurs dans leur chambre.

[...] l'hôtesse entra et leur dit : « Que voulez-vous pour dessert ?

LE MAÎTRE. — Ce que vous avez. »

L'hôtesse, sans se donner la peine de descendre, cria de la chambre : « Nanon, apportez des fruits, des biscuits, des confitures... »

À ce mot de Nanon, Jacques dit à part lui : « Ah ! c'est sa fille qu'on a maltraitée, on se mettrait en colère à moins... »

Et le maître dit à l'hôtesse : « Vous étiez bien fâchée tout à l'heure ?

L'HÔTESSE. — Et qui est-ce qui ne se fâcherait pas ? La pauvre créature ne leur avait rien fait ; elle était à peine entrée dans leur chambre, que je l'entends jeter des cris, mais des cris !... Dieu merci ! je suis un peu rassurée ; le chirurgien prétend que ce ne sera rien ; elle a cependant deux énormes contusions, l'une à la tête, l'autre à l'épaule.

LE MAÎTRE. — Y a-t-il longtemps que vous l'avez ?

L'HÔTESSE. — Une quinzaine au plus. Elle avait été abandonnée à la poste[1] voisine.

LE MAÎTRE. — Comment, abandonnée !

L'HÔTESSE. — Eh ! mon Dieu, oui ! C'est qu'il y a des gens qui sont plus durs que des pierres. Elle a pensé être noyée en passant la rivière qui coule ici près ; elle est arrivée ici comme par miracle, et je l'ai reçue par charité.

LE MAÎTRE. — Quel âge a-t-elle ?

L'HÔTESSE. — Je lui crois plus d'un an et demi... »

À ce mot, Jacques part d'un éclat de rire et s'écrie : « C'est une chienne ?

---

1. Le relais de poste, où l'on changeait les chevaux qui transportaient le courrier et les voyageurs.

L'HÔTESSE. — La plus jolie bête du monde ; je ne donnerais pas ma Nicole pour dix louis. Ma pauvre Nicole !

LE MAÎTRE. — Madame a le cœur bon.

L'HÔTESSE. — Vous l'avez dit, je tiens à mes bêtes et à mes gens[1].

LE MAÎTRE. — C'est fort bien fait. Et qui sont ceux qui ont si fort maltraité votre Nicole ?

L'HÔTESSE. — Deux bourgeois[2] de la ville prochaine. Ils se parlent sans cesse à l'oreille ; ils s'imaginent qu'on ne sait ce qu'ils disent, et qu'on ignore leur aventure. Il n'y a pas plus de trois heures qu'ils sont ici, et il ne me manque pas un mot de toute leur affaire. Elle est plaisante, et si vous n'étiez pas plus pressé de vous coucher que moi, je vous la raconterais tout comme leur domestique l'a dite à ma servante, qui s'est trouvée par hasard être sa payse, qui l'a redite à mon mari, qui me l'a redite. La belle-mère du plus jeune a passé par ici il n'y a pas plus de trois mois ; elle s'en allait assez malgré elle dans un couvent de province où elle n'a pas fait vieux os, elle y est morte, et voilà pourquoi nos deux jeunes gens sont en deuil… Mais voilà que, sans m'en apercevoir, j'enfile leur histoire. Bonsoir, messieurs, et bonne nuit. Vous avez trouvé le vin bon ?

LE MAÎTRE. — Très bon.

L'HÔTESSE. — Vous avez été contents de votre souper[3] ?

LE MAÎTRE. — Très contents. Vos épinards étaient un peu salés.

---

1. Mes domestiques. **2.** Ces « deux bourgeois » sont en fait « bons gentilshommes », comme il est dit plus loin (p. 60). **3.** Repas du soir.

L'HÔTESSE. — J'ai quelquefois la main lourde. Vous serez bien couchés, et dans des draps de lessive ; ils ne servent jamais ici deux fois. »

Cela dit, l'hôtesse se retira, et Jacques et son maître se mirent au lit en riant du quiproquo qui leur avait fait prendre une chienne pour la fille ou la servante de la maison, et de la passion de l'hôtesse pour une chienne perdue qu'elle possédait depuis quinze jours. Jacques dit à son maître, en attachant le serre-tête à son bonnet de nuit : « Je gagerais[1] bien que de tout ce qui a vie dans l'auberge, cette femme n'aime que sa Nicole. » Son maître lui répondit : « Cela se peut, Jacques ; mais dormons. »

« Tandis que Jacques et son maître reposent », l'auteur-narrateur intervient pour raconter l'histoire d'un pâtissier, brave homme déjà âgé que sa femme, « coquette et jolie », trompe avec l'intendant d'un ministre d'État. L'amant fait établir une lettre de cachet qui doit conduire le mari en prison sans autre forme de procès mais le hasard fait que l'officier de police chargé de l'affaire est l'ami du pâtissier ; il s'arrange pour surprendre l'intendant dans le lit de la pâtissière et, feignant d'exécuter à la lettre l'ordre d'arrestation, le conduit en prison en lui disant : « vous êtes le pâtissier, car le pâtissier est celui qui couche avec la pâtissière ».

Le lendemain Jacques se leva de grand matin, mit la tête à la fenêtre pour voir quel temps il faisait, vit

1. Je parierais.

qu'il faisait un temps détestable, se recoucha, et nous laissa dormir, son maître et moi, tant qu'il nous plut.

Jacques, son maître et les autres voyageurs qui s'étaient arrêtés au même gîte, crurent que le ciel s'éclaircirait sur le midi ; il n'en fut rien, et la pluie de l'orage ayant gonflé le ruisseau qui séparait le faubourg de la ville au point qu'il eût été dangereux de le passer, tous ceux dont la route conduisait de ce côté prirent le parti de perdre une journée et d'attendre. Les uns se mirent à causer ; d'autres à aller et venir, à mettre le nez à la porte, à regarder le ciel et à rentrer en jurant et frappant du pied ; plusieurs à politiquer et à boire ; beaucoup à jouer, le reste à fumer, à dormir et à ne rien faire. Le maître dit à Jacques : « J'espère que Jacques va reprendre le récit de ses amours, et que le ciel, qui veut que j'aie la satisfaction d'en entendre la fin, nous retient ici par le mauvais temps.

JACQUES. — « Le ciel qui veut ! On ne sait jamais ce que le ciel veut ou ne veut pas[A], et il n'en sait peut-être rien lui-même. Mon pauvre capitaine, qui n'est plus, me l'a répété cent fois, et plus j'ai vécu, plus j'ai reconnu qu'il avait raison. […] »

Jacques reprend le récit de ses amours mais il est vite interrompu par l'arrivée de l'hôtesse.

Jacques allait continuer, lorsque l'hôtesse entra tenant entre ses bras Nicole emmaillotée, la baisant, la plaignant, la caressant, lui parlant comme à son enfant : « Ma pauvre Nicole, elle n'a eu qu'un cri de toute la nuit. Et vous, messieurs, avez-vous bien dormi ?

LE MAÎTRE. — Très bien.

L'HÔTESSE. — Le temps est pris de tout côté.

JACQUES. — Nous en sommes assez fâchés.

L'HÔTESSE. — Ces messieurs vont-ils loin ?

JACQUES. — Nous n'en savons rien.

L'HÔTESSE. — Ces messieurs suivent quelqu'un ?

JACQUES. — Nous ne suivons personne.

L'HÔTESSE. — Ils vont ou ils s'arrêtent, selon les affaires qu'ils ont sur la route ?

JACQUES. — Nous n'en avons aucune.

L'HÔTESSE. — Ces messieurs voyagent pour leur plaisir ?

JACQUES. — Ou pour leur peine.

L'HÔTESSE. — Je souhaite que ce soit le premier.

JACQUES. — Votre souhait n'y fera pas un zeste, ce sera selon qu'il est écrit là-haut.

L'HÔTESSE. — Oh ! c'est un mariage ?

JACQUES. — Peut-être que oui, peut-être que non.

L'HÔTESSE. — Messieurs, prenez-y garde. Cet homme qui est là-bas, et qui a si rudement traité ma pauvre Nicole, en a fait un bien saugrenu. Viens, ma pauvre bête ; viens que je te baise ; je te promets que cela n'arrivera plus. Voyez comme elle tremble de tous ses membres !

LE MAÎTRE. — Et qu'a donc de si singulier le mariage de cet homme ? »

À cette question du maître de Jacques, l'hôtesse dit : « J'entends du bruit là-bas, je vais donner mes ordres, et je reviens vous conter tout cela… » […]

Le récit de l'hôtesse est retardé par une scène qui oppose l'aubergiste à son « compère », un paysan qui est aussi son débiteur défaillant et menacé de saisie immédiate. Furieux de ne pas être remboursé, l'hôte se montre d'abord insensible à son malheur puis se laisse attendrir par l'évocation de la ruine inévitable de sa famille et finit par lui donner de l'argent pour qu'il puisse « chasser de chez lui ces exécrables huissiers ».

L'hôtesse remonta, toujours Nicole entre ses bras, et dit : « J'espère que vous aurez un bon dîner[1] ; le braconnier vient d'arriver ; le garde du seigneur ne tardera pas… » Et, tout en parlant ainsi, elle prenait une chaise. La voilà assise, et son récit qui commence.

L'HÔTESSE. — « Il faut se méfier des valets ; les maîtres n'ont point de pires ennemis.

JACQUES. — Madame, vous ne savez ce que vous dites, il y en a de bons, il y en a de mauvais, et l'on compterait peut-être plus de bons valets que de bons maîtres.

LE MAÎTRE. — Jacques, vous ne vous écoutez pas[2], et vous commettez précisément la même indiscrétion[3] qui vous a choqué.

JACQUES. — C'est que les maîtres…

LE MAÎTRE. — C'est que les valets… »

Eh bien ! lecteur, à quoi tient-il que je n'élève une violente querelle entre ces trois personnages ? que l'hôtesse ne soit prise par les épaules et jetée hors de la chambre par Jacques ; que Jacques ne soit pris par les épaules et chassé par son maître ; que l'un ne s'en aille d'un côté, l'autre d'un autre ; et que vous n'entendiez ni l'histoire de l'hôtesse, ni la suite des amours de Jacques ? Rassurez-vous, je n'en ferai rien. L'hôtesse reprit donc :

1. Déjeuner (on le prenait vers deux heures de l'après-midi). 2. Vous ne faites pas attention à ce que vous dites. 3. Manque de jugement (et de retenue).

« Il faut convenir que s'il y a de bien méchants hommes, il y a de bien méchantes femmes[B].

JACQUES. — Et qu'il ne faut pas aller loin pour les trouver.

L'HÔTESSE. — De quoi vous mêlez-vous ? Je suis femme, il me convient de dire des femmes tout ce qu'il me plaira, je n'ai que faire de votre approbation.

JACQUES. — Mon approbation en vaut bien une autre.

L'HÔTESSE. — Vous avez là, monsieur, un valet qui fait l'entendu[1] et qui vous manque. J'ai des valets aussi, mais je voudrais bien qu'ils s'avisassent !...

LE MAÎTRE. — Jacques, taisez-vous, et laissez parler madame. »

L'hôtesse, encouragée par ce propos du maître, se lève, entreprend[2] Jacques, porte ses deux poings sur ses deux côtés, oublie qu'elle tient Nicole, la lâche, et voilà Nicole sur le carreau, froissée[3] et se débattant dans son maillot, aboyant à tue-tête, l'hôtesse mêlant ses cris aux aboiements de Nicole, Jacques mêlant ses éclats de rire aux aboiements de Nicole et aux cris de l'hôtesse, et le maître de Jacques ouvrant sa tabatière, reniflant sa prise de tabac et ne pouvant s'empêcher de rire. Voilà toute l'hôtellerie en tumulte. « Nanon ? Nanon ? vite, vite, apportez la bouteille à l'eau-de-vie... Ma pauvre Nicole est morte... Démaillotez-la... Que vous êtes gauche !

— Je fais de mon mieux.

— Comme elle crie ! Ôtez-vous de là, laissez-moi

---

1. Le connaisseur. 2. « On dit, *Entreprendre quelqu'un*, pour dire, le poursuivre, le persécuter, le pousser, le railler » (*Dictionnaire de l'Académie française*, 1762). 3. Meurtrie, contusionnée.

faire… Elle est morte !… Ris bien, grand nigaud, il y a, en effet, de quoi rire… Ma pauvre Nicole est morte !

— Non, madame, non, je crois qu'elle en reviendra, la voilà qui remue. »

Et Nanon, de frotter d'eau-de-vie le nez de la chienne et de lui en faire avaler ; et l'hôtesse de se lamenter, de se déchaîner contre les valets impertinents ; et Nanon de dire : « Tenez, madame, elle ouvre les yeux, la voilà qui vous regarde.

— La pauvre bête ! comme cela parle ! qui n'en serait touché ?

— Madame, caressez-la donc un peu, répondez-lui donc quelque chose.

— Viens, ma pauvre Nicole, crie, mon enfant, crie si cela peut te soulager. Il y a un sort pour les bêtes comme pour les gens ; il envoie le bonheur à des fainéants, hargneux, braillards et gourmands, le malheur à une autre qui sera la meilleure créature du monde.

— Madame a bien raison, il n'y a point de justice ici-bas.

— Taisez-vous, remmaillotez-la, portez-la sous mon oreiller, et songez qu'au moindre cri qu'elle fera je m'en prends à vous. Viens, pauvre bête, que je t'embrasse encore une fois avant qu'on t'emporte ; approchez-la donc, sotte que vous êtes. Ces chiens, cela est si bon ; cela vaut mieux…

JACQUES. — Que père, mère, frères, sœurs, enfants, valets, époux…

L'HÔTESSE. — Mais oui, ne pensez pas rire, cela est innocent, cela vous est fidèle, cela ne vous fait jamais de mal, au lieu que le reste…

JACQUES. — Vive les chiens ! il n'y a rien de plus parfait sous le ciel.

L'HÔTESSE. — S'il y a quelque chose de plus parfait, du moins ce n'est pas l'homme. Je voudrais bien que vous connussiez celui du meunier, c'est l'amoureux de ma Nicole ; il n'y en a pas un parmi vous, tous tant que vous êtes, qu'il ne fît rougir de honte. Il vient, dès la pointe du jour, de plus d'une lieue[1], il se plante devant cette fenêtre, ce sont des soupirs, et des soupirs à faire pitié. Quelque temps qu'il fasse, il reste, la pluie lui tombe sur le corps, son corps s'enfonce dans le sable, à peine lui voit-on les oreilles et le bout du nez. En feriez-vous autant pour la femme que vous aimeriez le plus ?

LE MAÎTRE. — Cela est très galant.

JACQUES. — Mais aussi où est la femme aussi digne de ces soins que votre Nicole ?… »

La passion de l'hôtesse pour les bêtes n'était pourtant pas sa passion dominante comme on pourrait l'imaginer, c'était celle de parler. Plus on avait de plaisir et de patience à l'écouter, plus on avait de mérite ; aussi ne se fit-elle pas prier pour reprendre l'histoire interrompue du mariage singulier, elle y mit seulement pour condition que Jacques se tairait. Le maître promit du silence pour Jacques. Jacques s'étala nonchalamment dans un coin, les yeux fermés, son bonnet renfoncé sur ses oreilles et le dos à demi tourné à l'hôtesse. Le maître toussa, cracha, se moucha, tira sa montre, vit l'heure qu'il était, tira sa tabatière, frappa sur le couvercle, prit sa prise de tabac[2] ; et l'hôtesse se mit en devoir de goûter le plaisir délicieux de pérorer.

---

1. Environ quatre kilomètres. 2. Ce sont des gestes maniaques du maître : « il ne savait que devenir sans sa montre, sans sa tabatière et sans Jacques : c'étaient les trois grandes ressources de sa vie, qui se passait à prendre du tabac, à regarder l'heure qu'il était, à questionner Jacques, et cela dans toutes les combinaisons » (*JLF*, p. 70).

L'hôtesse allait débuter, lorsqu'elle entendit sa chienne crier.

« Nanon ? voyez donc à cette pauvre bête... Cela me trouble, je ne sais plus où j'en étais.

JACQUES. — Vous n'avez encore rien dit.

L'HÔTESSE. — Ces deux hommes avec lesquels j'étais en querelle pour ma pauvre Nicole, lorsque vous êtes arrivé, monsieur...

JACQUES. — Dites messieurs.

L'HÔTESSE. — Et pourquoi ?

JACQUES. — C'est qu'on nous a traités jusqu'à présent avec politesse, et que j'y suis fait. Mon maître m'appelle Jacques, les autres, monsieur Jacques.

L'HÔTESSE. — Je ne vous appelle ni Jacques, ni monsieur Jacques, je ne vous parle pas... *(— Madame ? — Qu'est-ce ? — La carte*[1] *du numéro cinq. — Voyez sur le coin de la cheminée.)* Ces deux hommes sont bons gentilshommes ; ils viennent de Paris et s'en vont à la terre du plus âgé.

JACQUES. — Qui sait cela ?

L'HÔTESSE. — Eux, qui le disent.

JACQUES. — Belle raison ! »

Le maître fit un signe à l'hôtesse, sur lequel elle comprit que Jacques avait la cervelle brouillée. L'hôtesse répondit au signe du maître par un mouvement compatissant des épaules, et ajouta : « À son âge ! Cela est très fâcheux.

JACQUES. — Très fâcheux de ne savoir jamais où l'on va.

L'HÔTESSE. — Le plus âgé des deux s'appelle le

1. La note.

marquis des Arcis. C'était un homme de plaisir, très aimable, croyant peu à la vertu des femmes...

JACQUES. — Il avait raison.

L'HÔTESSE. — Monsieur Jacques, vous m'interrompez.

JACQUES. — Madame l'hôtesse du Grand-Cerf, je ne vous parle pas.

L'HÔTESSE. — M. le marquis en trouva pourtant une assez bizarre pour lui tenir rigueur. Elle s'appelait Mme de La Pommeraye. C'était une veuve qui avait des mœurs, de la naissance, de la fortune et de la hauteur[1]. M. des Arcis rompit avec toutes ses connaissances, s'attacha uniquement à Mme de La Pommeraye, lui fit sa cour avec la plus grande assiduité, tâcha par tous les sacrifices imaginables de lui prouver qu'il l'aimait, lui proposa même de l'épouser ; mais cette femme avait été si malheureuse avec un premier mari[2], qu'elle... *(— Madame ? — Qu'est-ce ? — La clef du coffre à l'avoine ? — Voyez au clou, et si elle n'y est pas, voyez au coffre.)* qu'elle aurait mieux aimé s'exposer à toutes sortes de malheurs qu'au danger d'un second mariage[C].

JACQUES. — Ah ! si cela avait été écrit là-haut !

L'HÔTESSE. — Cette femme vivait très retirée. Le marquis était un ancien ami de son mari ; elle l'avait reçu, et elle continuait de le recevoir. Si on lui pardonnait son goût effréné pour la galanterie, c'était ce qu'on appelle un homme d'honneur. La poursuite constante

---

1. De l'orgueil. 2. Sans doute a-t-elle connu le sort de Mme de La Carlière, mariée à « un vieux mari jaloux, à qui la cupidité de ses parents l'avait sacrifiée à l'âge de quatorze ans » (voir ci-dessus, p. 22). À cette époque, la condition de veuve pouvait être intéressante pour une femme jeune et riche : elle échappait à la tutelle d'un père ou d'un mari et pouvait jouir de sa liberté.

du marquis, secondée de ses qualités personnelles, de sa jeunesse, de sa figure[1], des apparences de la passion la plus vraie, de la solitude, du penchant à la tendresse, en un mot, de tout ce qui nous livre à la séduction des hommes… *(— Madame ? — Qu'est-ce ? — C'est le courrier*[2]*. — Mettez-le à la chambre verte, et servez-le à l'ordinaire.)* eut son effet, et Mme de La Pommeraye, après avoir lutté plusieurs mois contre le marquis, contre elle-même, exigé selon l'usage les serments les plus solennels, rendit heureux le marquis, qui aurait joui du sort le plus doux, s'il avait pu conserver pour sa maîtresse les sentiments qu'il avait jurés et qu'on avait pour lui. Tenez, monsieur, il n'y a que les femmes qui sachent aimer ; les hommes n'y entendent rien… *(— Madame ? — Qu'est-ce ? — Le frère quêteur. — Donnez-lui douze sous pour ces messieurs qui sont ici, six sous pour moi, et qu'il aille dans les autres chambres.)* Au bout de quelques années, le marquis commença à trouver la vie de Mme de La Pommeraye trop unie. Il lui proposa de se répandre dans la société, elle y consentit ; à recevoir quelques femmes et quelques hommes, et elle y consentit ; à avoir un dîner-souper, et elle y consentit. Peu à peu il passa un jour, deux jours sans la voir ; peu à peu il manqua au dîner-souper qu'il avait arrangé ; peu à peu il abrégea ses visites ; il eut des affaires qui l'appelaient ; lorsqu'il arrivait, il disait un mot, s'étalait dans un fauteuil, prenait une brochure, la jetait, parlait à son chien ou s'endormait. Le soir, sa santé, qui devenait misérable, voulait qu'il

---

1. « Figure » désignait l'allure, la forme d'ensemble de la personne et pas seulement le visage. 2. Le postillon qui conduit la diligence transportant le courrier. On lui sert un repas « à l'ordinaire », simple.

se retirât de bonne heure, c'était l'avis de Tronchin[1]. "C'est un grand homme que Tronchin ! Ma foi ! je ne doute pas qu'il ne tire d'affaire notre amie dont les autres désespéraient." Et tout en parlant ainsi, il prenait sa canne et son chapeau et s'en allait, oubliant quelquefois de l'embrasser. Mme de La Pommeraye… *(— Madame ? — Qu'est-ce ? — Le tonnelier. — Qu'il descende à la cave, et qu'il visite les deux pièces du coin.)* Mme de La Pommeraye pressentit qu'elle n'était plus aimée ; il fallait s'en assurer, et voici comment elle s'y prit… *(— Madame ? — J'y vais, j'y vais.)* »

L'hôtesse, fatiguée de ces interruptions, descendit, et prit apparemment les moyens de les faire cesser.

L'HÔTESSE. — « Un jour, après dîner, elle dit au marquis : "Mon ami, vous rêvez[2].

— Vous rêvez aussi, marquise.

— Il est vrai et même assez tristement.

— Qu'avez-vous ?

— Rien.

— Cela n'est pas vrai. Allons, marquise, dit-il en bâillant, racontez-moi cela ; cela vous désennuiera et moi.

— Est-ce que vous vous ennuyez ?

— Non ; c'est qu'il y a des jours…

— Où l'on s'ennuie.

— Vous vous trompez, mon amie ; je vous jure que vous vous trompez ; c'est qu'en effet il y a des jours !… On ne sait à quoi cela tient.

— Mon ami, il y a longtemps que je suis tentée de

1. Célèbre médecin de l'époque, collaborateur de l'*Encyclopédie*.
2. Vous êtes songeur, vous méditez.

vous faire une confidence, mais je crains de vous affliger.

— Vous pourriez m'affliger, vous ?

— Peut-être, mais le Ciel m'est témoin de mon innocence…" *(— Madame ? Madame ? Madame ? — Pour qui et pour quoi que ce soit, je vous ai défendu de m'appeler ; appelez mon mari. — Il est absent.)* Messieurs, je vous demande pardon, je suis à vous dans un moment. »

Voilà l'hôtesse descendue, remontée et reprenant son récit :

L'HÔTESSE. — « "… Cela s'est fait sans mon consentement, à mon insu, par une malédiction à laquelle toute l'espèce humaine est apparemment assujettie, puisque moi, moi-même, je n'y ai pas échappé.

— Ah ! c'est de vous ?… J'avais peur… De quoi s'agit-il ?

— Marquis, il s'agit… Je suis désolée ; je vais vous désoler, et, tout bien considéré, il vaut mieux que je me taise.

— Non, mon amie, parlez ; auriez-vous au fond de votre cœur un secret pour moi ? La première de nos conventions ne fut-elle pas que nos âmes s'ouvriraient l'une à l'autre sans réserve ?

— Il est vrai, et voilà ce qui me pèse ; c'est un reproche qui met le comble à un beaucoup plus important que je me fais. Est-ce que vous ne vous apercevez pas que je n'ai plus la même gaieté ? J'ai perdu l'appétit, je ne bois et je ne mange que par raison ; je ne saurais dormir. Nos sociétés les plus intimes me déplaisent. La nuit, je m'interroge et je me dis : Est-ce qu'il est moins aimable ? Non. Est-ce que vous avez à vous en plaindre ? Non. Auriez-vous à lui reprocher quelques liaisons suspectes ? Non. Est-ce que sa tendresse pour vous est diminuée ? Non. Pourquoi, votre ami étant le même, votre cœur est-il donc changé ? car il l'est, vous ne pouvez vous le cacher. Vous ne l'attendez plus avec la même impatience, vous n'avez plus le même plaisir à le voir, cette inquiétude quand il tardait à revenir, cette douce émotion au bruit de sa voiture, quand on l'annonçait, quand il paraissait, vous ne l'éprouvez plus.

— Comment, madame !"

« Alors la marquise de La Pommeraye se couvrit les yeux de ses mains, pencha la tête et se tut un moment, après lequel elle ajouta : "Marquis, je me suis attendue à tout votre étonnement, à toutes les choses amères que vous m'allez dire. Marquis ! épargnez-moi… Non, ne m'épargnez pas, dites-les-moi, je les écouterai avec résignation, parce que je les mérite. Oui, mon cher marquis, il est vrai… oui, je suis… mais n'est-ce pas un assez grand malheur que la chose soit arrivée, sans y ajouter encore la honte, le mépris d'être fausse en vous le dissimulant ? Vous êtes le même, mais votre amie est changée ; votre amie vous révère, vous estime autant et plus que jamais ; mais… mais une femme accoutumée comme elle à examiner de près ce qui se passe dans les replis les plus secrets de son âme et à ne s'en imposer sur rien, ne peut se cacher que l'amour en est sorti. La découverte est affreuse, mais elle n'en est pas moins réelle. La marquise de La Pommeraye, moi, moi, inconstante, légère !… Marquis, entrez en fureur, cherchez les noms les plus odieux, je me les suis donnés d'avance, donnez-les-moi, je suis prête à les accepter tous…, tous, excepté celui de femme fausse, que vous m'épargnerez, je l'espère, car en vérité je ne le suis pas…" *(— Ma femme ? — Qu'est-ce ? — Rien. — On n'a pas un moment de repos dans cette maison, même les jours qu'on n'a presque point de monde et que l'on croit n'avoir rien à faire. Qu'une femme de mon état est à plaindre, surtout avec une bête de mari !)* Cela dit, Mme de La Pommeraye se renversa sur son fauteuil et se mit à pleurer. Le marquis se précipita à ses genoux, et lui dit : "Vous êtes une femme charmante, une femme adorable, une femme comme il n'y en a point. Votre franchise, votre honnêteté me confond et devrait me faire mourir de honte. Ah ! quelle supériorité ce moment vous donne sur moi ! Que je vous vois grande et que je me trouve petit ! C'est vous qui avez parlé la première, et c'est moi qui fus coupable le premier. Mon amie, votre sincérité m'entraîne, je serais un monstre si elle ne m'entraînait pas, et je vous avouerai que l'histoire de votre cœur est mot à mot l'histoire du mien. Tout ce que vous vous êtes dit je me le suis dit, mais je me taisais, je souffrais, et je ne sais quand j'aurais eu le courage de parler.

— Vrai, mon ami ?

— Rien de plus vrai, et il ne nous reste qu'à nous féliciter réciproquement d'avoir perdu en même temps le sentiment fragile et trompeur qui nous unissait.

— En effet, quel malheur que mon amour eût duré lorsque le vôtre aurait cessé !

— Ou que ce fût en moi qu'il eût cessé le premier.

— Vous avez raison, je le sens.

— Jamais vous ne m'avez paru aussi aimable, aussi belle que dans ce moment, et si l'expérience du passé ne m'avait rendu circonspect, je croirais vous aimer plus que jamais." Et le marquis en lui parlant ainsi lui prenait les mains, et les lui baisait... *(— Ma femme ? — Qu'est-ce ? — Le marchand de paille. — Vois sur le registre. — Et le registre ?... Reste, reste, je l'ai.)* Mme de La Pommeraye, renfermant en elle-même le dépit mortel dont elle était déchirée, reprit la parole et dit au marquis : "Mais, marquis, qu'allons-nous devenir ?

— Nous ne nous en sommes imposé ni l'un ni l'autre ; vous avez droit à toute mon estime, je ne crois pas avoir entièrement perdu le droit que j'avais à la vôtre ; nous continuerons de nous voir, nous nous livrerons à la confiance de la plus tendre amitié. Nous nous serons épargné tous ces ennuis, toutes ces perfidies, tous ces reproches, toute cette humeur, qui accompagnent communément les passions qui finissent, nous serons uniques dans notre espèce. Vous recouvrerez toute votre liberté, vous me rendrez la mienne ; nous voyagerons dans le monde, je serai le confident de vos conquêtes, je ne vous cèlerai rien des miennes, si j'en fais quelques-unes, ce dont je doute fort, car vous m'avez rendu difficile. Cela sera délicieux ! Vous m'aiderez de vos conseils, je ne vous refuserai pas les miens dans les circonstances périlleuses où vous croirez en avoir besoin. Qui sait ce qui peut arriver ?"

JACQUES. — Personne.

L'HÔTESSE. — "Il est très vraisemblable que plus j'irai, plus vous gagnerez aux comparaisons, et que je vous reviendrai plus passionné, plus tendre, plus convaincu que jamais que Mme de La Pommeraye était la seule femme faite pour mon bonheur ; et après ce retour, il y a tout à parier que je vous resterai jusqu'à la fin de ma vie.

— S'il arrivait qu'à votre retour vous ne me trouvassiez plus ? car enfin, marquis, on n'est pas toujours juste, et il ne serait pas impossible que je ne me prisse de goût, de fantaisie, de passion même pour un autre qui ne vous vaudrait pas.

— J'en serais assurément désolé, mais je n'aurais point à me plaindre, je ne m'en prendrais qu'au sort qui nous aurait séparés lorsque nous étions unis, et qui nous rapprocherait lorsque nous ne pourrions plus l'être..."

« Après cette conversation, ils se mirent à moraliser sur l'inconstance du cœur humain[D], sur la frivolité des serments, sur les liens du mariage… *(— Madame ? — Qu'est-ce ? — Le coche.)* Messieurs, dit l'hôtesse, il faut que je vous quitte. Ce soir, lorsque toutes mes affaires seront faites, je reviendrai, et je vous achèverai cette aventure, si vous en êtes curieux… » *(— Madame ?… — Ma femme ?… — Notre hôtesse ?… — On y va, on y va.)*

L'hôtesse partie, le maître dit à son valet : « Jacques, as-tu remarqué une chose ?

JACQUES. — Quelle ?

LE MAÎTRE. — C'est que cette femme raconte beaucoup mieux qu'il ne convient à une femme d'auberge.

JACQUES. — Il est vrai. Les fréquentes interruptions des gens de cette maison m'ont impatienté plusieurs fois.

LE MAÎTRE. — Et moi aussi. »

Et vous, lecteur, parlez sans dissimulation, car vous voyez que nous sommes en beau train de franchise : voulez-vous que nous laissions là cette élégante et prolixe bavarde d'hôtesse, et que nous reprenions les amours de Jacques ? Pour moi je ne tiens à rien. Lorsque cette femme remontera, Jacques le bavard ne demande pas mieux que de reprendre son rôle, et que de lui fermer la porte au nez ; il en sera quitte pour lui dire par le trou de la serrure : « Bonsoir, madame ; mon maître dort ; je vais me coucher : il faut remettre le reste à notre passage[1]. »

1. À notre prochain passage dans votre auberge.

« Le premier serment que se firent deux êtres de chair, ce fut au pied d'un rocher qui tombait en poussière ; ils attestèrent de leur constance un ciel qui n'est pas un instant le même ; tout passait en eux et autour d'eux, et ils croyaient leurs cœurs affranchis de vicissitudes. Ô enfants ! toujours enfants !... » Je ne sais de qui sont ces réflexions, de Jacques, de son maître ou de moi[1] ; il est certain qu'elles sont de l'un des trois, et qu'elles furent précédées et suivies de beaucoup d'autres qui nous auraient menés, Jacques, son maître et moi, jusqu'au souper, jusqu'après le souper, jusqu'au retour de l'hôtesse, si Jacques n'eût dit à son maître : « Tenez, monsieur, toutes ces grandes sentences que vous venez de débiter à propos de bottes ne valent pas une vieille fable des écraignes[2] de mon village.

LE MAÎTRE. — Et quelle est cette fable ?

JACQUES. — C'est la fable de la Gaine et du Coutelet. Un jour la Gaine et le Coutelet se prirent de querelle ; le Coutelet dit à la Gaine : "Gaine, ma mie, vous êtes une friponne, car tous les jours, vous recevez de nouveaux coutelets..." La Gaine répondit au Coutelet : "Mon ami Coutelet, vous êtes un fripon, car tous les jours vous changez de gaine. — Gaine, ce n'est pas là ce que vous m'avez promis. — Coutelet, vous m'avez trompée le premier..." Ce débat s'était élevé à

1. D'après la réplique de Jacques qui suit, elles seraient du maître, et hors de propos (« à propos de bottes »), mais elles expriment une idée importante de Diderot, en rapport avec sa conception de l'homme (voir le commentaire D, p. 129). 2. En Bourgogne, cabanes où les vignerons passaient la veillée. La « fable » qui suit imite en effet un fabliau d'inspiration populaire : elle est comique par l'emploi d'archaïsmes (« ma mie », « cil » pour *celui*, « duisait » pour *convenait*), par la désignation métaphorique (mais transparente) des organes sexuels masculins et féminins.

table ; cil qui était assis entre la Gaine et le Coutelet prit la parole et leur dit : “Vous, Gaine, et vous, Coutelet, vous fîtes bien de changer, puisque changement vous duisait ; mais vous eûtes tort de vous promettre que vous ne changeriez pas. Coutelet, ne voyais-tu pas que Dieu te fit pour aller à plusieurs gaines, et toi, Gaine, pour recevoir plus d'un coutelet ? Vous regardiez comme fous certains coutelets qui faisaient vœu de se passer à forfait de gaines, et comme folles certaines Gaines qui faisaient vœu de se fermer pour tout coutelet[1] ; et vous ne pensiez pas que vous étiez presque aussi fous lorsque vous juriez, toi, Gaine, de t'en tenir à un seul coutelet ; toi, Coutelet, de t'en tenir à une seule gaine.” »

Si le maître n'eût dit à Jacques[2] : « Ta fable n'est pas trop morale mais elle est gaie. Tu ne sais pas la singulière idée qui me passe par la tête. Je te marie avec notre hôtesse et je cherche comment un mari aurait fait, lorsqu'il aime à parler, avec une femme qui ne déparle[3] pas. » […]

Jacques explique alors sa « rage de parler » : il a passé son enfance chez des grands-parents mutiques qui lui faisaient porter un bâillon. À la demande de son maître, il entreprend ensuite de

1. Allusion au vœu de chasteté des ecclésiastiques et critique de la religion chrétienne (« se passer à forfait » est dérivé de « prendre à forfait », qui appartient au langage commercial). 2. La phrase paraît incomplète ; il faut sans doute la lire dans la continuité de la subordonnée hypothétique qui introduit « la fable de la Gaine et du Coutelet » : « ces réflexions […] nous auraient menés […] jusqu'au retour de l'hôtesse, si Jacques n'eût dit à son maître : […] » et « Si le maître n'eût dit à Jacques : […] ». Cette fable a été ajoutée tardivement par Diderot qui ne s'est pas soucié de mieux intégrer son addition. 3. Qui ne cesse de parler.

raconter l'histoire de deux officiers de mérite affligés de la folie du duel.

[...] l'hôtesse reparut et mit fin au récit de Jacques.

La voilà remontée, et je vous préviens, lecteur, qu'il n'est plus en mon pouvoir de la renvoyer. — Pourquoi donc ? — C'est qu'elle se présente avec deux bouteilles de champagne, une dans chaque main, et qu'il est écrit là-haut que tout orateur qui s'adressera à Jacques avec cet exorde s'en fera nécessairement écouter.

Elle entre, pose ses deux bouteilles sur la table, et dit : « Allons, monsieur Jacques, faisons la paix... » L'hôtesse n'était pas de la première jeunesse ; c'était une femme grande et replète, ingambe, de bonne mine, pleine d'embonpoint, la bouche un peu grande, mais de belles dents, des joues larges, des yeux à fleur de tête, le front carré, la plus belle peau, la physionomie ouverte, vive et gaie, une poitrine à s'y rouler pendant deux jours, des bras un peu forts, mais les mains superbes, des mains à peindre ou à modeler. Jacques la prit par le milieu du corps, et l'embrassa[1] fortement ; sa rancune n'avait jamais tenu contre du bon vin et une belle femme ; cela était écrit là-haut de lui, de vous, lecteur, de moi et de beaucoup d'autres. « Monsieur, dit-elle au maître, est-ce que vous nous laisserez aller tout seuls ? Voyez, eussiez-vous encore cent lieues à faire, vous n'en boirez pas de meilleur de toute la route. » En parlant ainsi elle avait placé une des deux bouteilles entre ses genoux et elle en tirait le bouchon, ce fut avec une adresse singulière qu'elle en couvrit le goulot avec le pouce, sans laisser échapper une goutte

1. La serra dans ses bras.

de vin. « Allons, dit-elle à Jacques ; vite, vite, votre verre. » Jacques approche son verre ; l'hôtesse en écartant son pouce un peu de côté donne vent à la bouteille, et voilà le visage de Jacques tout couvert de mousse. Jacques s'était prêté à cette espièglerie ; et l'hôtesse de rire, et Jacques et son maître de rire. On but quelques rasades les unes sur les autres pour s'assurer de la sagesse de la bouteille, puis l'hôtesse dit : « Dieu merci ! ils sont tous dans leurs lits, on ne m'interrompra plus, et je puis reprendre mon récit. » Jacques, en la regardant avec des yeux dont le vin de Champagne avait augmenté la vivacité naturelle, lui dit ou à son maître : « Notre hôtesse a été belle comme un ange ; qu'en pensez-vous, monsieur ?

LE MAÎTRE. — A été ! Pardieu, Jacques, c'est qu'elle l'est encore !

JACQUES. — Monsieur, vous avez raison, c'est que je ne la compare pas à une autre femme, mais à elle-même quand elle était jeune.

L'HÔTESSE. — Je ne vaux pas grand-chose à présent ; c'est lorsqu'on m'aurait prise entre les deux premiers doigts de chaque main qu'il me fallait voir ! On se détournait de quatre lieues pour séjourner ici. Mais laissons là les bonnes et les mauvaises têtes que j'ai tournées, et revenons à Mme de La Pommeraye.

JACQUES. — Si nous buvions d'abord un coup aux mauvaises têtes que vous avez tournées, ou à ma santé ?

L'HÔTESSE. — Très volontiers, il y en avait qui en valaient la peine, en comptant ou sans compter la vôtre. Savez-vous que j'ai été pendant dix ans la ressource des militaires, en tout bien et tout honneur ? J'en ai obligé[1] nombre qui auraient eu bien de la peine à faire

1. L'hôtesse dit avoir rendu service aux officiers en leur prêtant de l'argent sans leur demander de billets de reconnaissance de dette.

leur campagne sans moi. Ce sont de braves gens, je n'ai à me plaindre d'aucun, ni eux de moi. Jamais de billets ; ils m'ont fait quelquefois attendre ; au bout de deux, de trois, de quatre ans mon argent m'est revenu... »

Et puis la voilà qui se met à faire l'énumération des officiers qui lui avaient fait l'honneur de puiser dans sa bourse et M. un tel, colonel du régiment de ***, et M. un tel, capitaine au régiment de ***, et voilà Jacques qui se met à faire un cri : « Mon capitaine ! mon pauvre capitaine ! vous l'avez connu ?

L'HÔTESSE. — Si je l'ai connu ! un grand homme, bien fait, un peu sec, l'air noble et sévère, le jarret bien tendu, deux petits points rouges à la tempe droite. Vous avez donc servi ?

JACQUES. — Si j'ai servi !

L'HÔTESSE. — Je vous en aime davantage ; il doit vous rester de bonnes qualités de votre premier état. Buvons à la santé de votre capitaine.

JACQUES. — S'il est encore vivant.

L'HÔTESSE. — Mort ou vivant, qu'est-ce que cela fait ? Est-ce qu'un militaire n'est pas fait pour être tué ? Est-ce qu'il ne doit pas être enragé, après dix sièges et cinq ou six batailles, de mourir au milieu de cette canaille de gens noirs[1] !... Mais revenons à notre histoire, et buvons encore un coup.

LE MAÎTRE. — Ma foi, notre hôtesse, vous avez raison.

L'HÔTESSE. — Je suis bien aise que vous pensiez ainsi.

LE MAÎTRE. — Car votre vin est excellent.

---

1. Les gens d'Église. L'anticléricalisme du « philosophe » Diderot est attribué à l'hôtesse (voir p. 78 son jugement sur le « petit abbé » qui fréquente Mlle d'Aisnon).

L'HÔTESSE. — Ah ! c'est de mon vin que vous parliez ? Eh bien ! vous aviez encore raison. Vous rappelez-vous où nous en étions ?

LE MAÎTRE. — Oui, à la conclusion de la plus perfide des confidences.

L'HÔTESSE. — M. le marquis des Arcis et Mme de La Pommeraye s'embrassèrent, enchantés l'un de l'autre, et se séparèrent. Plus la dame s'était contrainte en sa présence, plus sa douleur fut violente quand il fut parti. "Il n'est donc que trop vrai, s'écria-t-elle, il ne m'aime plus !..." Je ne vous ferai point le détail de toutes nos extravagances quand on nous délaisse, vous en seriez trop vains[1]. Je vous ai dit que cette femme avait de la fierté, mais elle était bien autrement vindicative. Lorsque les premières fureurs furent calmées et qu'elle jouit de toute la tranquillité de son indignation, elle songea à se venger, mais à se venger d'une manière cruelle, d'une manière à effrayer tous ceux qui seraient tentés à l'avenir de séduire et de tromper une honnête femme. Elle s'est vengée, elle s'est cruellement vengée, sa vengeance a éclaté[2] et n'a corrigé personne ; nous n'en avons pas été depuis moins vilainement séduites et trompées.

JACQUES. — Bon pour les autres, mais vous !...

L'HÔTESSE. — Hélas ! moi toute la première ! Oh ! que nous sommes sottes ! Encore si ces vilains hommes gagnaient au change ! Mais laissons cela. Que fera-t-elle ? Elle n'en sait encore rien ; elle y rêvera ; elle y rêve.

JACQUES. — Si tandis qu'elle y rêve...

L'HÔTESSE. — C'est bien dit... Mais nos deux bouteilles sont vides... *(— Jean. — Madame. — Deux*

1. Vaniteux. 2. A été publique.

bouteilles, de celles qui sont tout au fond, derrière les fagots. — J'entends.) À force d'y rêver, voici ce qui lui vint en idée. Mme de La Pommeraye avait autrefois connu une femme de province qu'un procès avait appelée à Paris, avec sa fille, jeune, belle et bien élevée. Elle avait appris que cette femme, ruinée par la perte de son procès, en avait été réduite à tenir tripot. On s'assemblait chez elle, on jouait, on soupait, et communément un ou deux des convives restaient, passaient la nuit avec madame ou mademoiselle, à leur choix. Elle mit un de ses gens en quête de ces créatures ; on les déterra, on les invita à faire visite à Mme de La Pommeraye qu'elles se rappelaient à peine. Ces femmes, qui avaient pris le nom de Mme et de Mlle d'Aisnon, ne se firent pas attendre ; dès le lendemain, la mère se rendit chez Mme de La Pommeraye. Après les premiers compliments, Mme de La Pommeraye demanda à la d'Aisnon ce qu'elle avait fait, ce qu'elle faisait depuis la perte de son procès.

"Pour vous parler avec sincérité, lui répondit la d'Aisnon, je fais un métier périlleux, infâme, peu lucratif, et qui me déplaît, mais la nécessité contraint la loi. J'étais presque résolue à mettre ma fille à l'Opéra[1], mais elle n'a qu'une petite voix de chambre, et n'a jamais été qu'une danseuse médiocre. Je l'ai promenée, pendant et après mon procès, chez des magistrats, chez des grands, chez des prélats, chez des financiers, qui s'en sont accommodés pour un terme et qui l'ont laissée là. Ce n'est pas qu'elle ne soit belle comme un ange, qu'elle n'ait de la finesse, de la grâce ; mais

1. Chanter ou danser à l'Opéra offrait aux jeunes femmes la possibilité de se faire entretenir par de riches protecteurs. C'est donc par « nécessité » que « la d'Aisnon » voulait « mettre [sa] fille à l'Opéra ».

aucun esprit de libertinage[E], rien de ces talents propres à réveiller la langueur d'hommes blasés. Je donne à jouer et à souper ; et le soir, qui veut rester, reste. Mais ce qui nous a le plus nui, c'est qu'elle s'était entêtée d'un petit abbé de qualité[1], impie, incrédule, dissolu, hypocrite, antiphilosophe, que je ne vous nommerai pas, mais c'est le dernier de ceux qui, pour arriver à l'épiscopat, ont pris la route qui est en même temps la plus sûre et qui demande le moins de talent. Je ne sais ce qu'il faisait entendre à ma fille, à qui il venait lire tous les matins les feuillets de son dîner, de son souper, de sa rhapsodie[2]. Sera-t-il évêque, ne le sera-t-il pas ? Heureusement ils se sont brouillés. Ma fille lui ayant demandé un jour s'il connaissait ceux contre lesquels il écrivait, et l'abbé lui ayant répondu que non ; s'il avait d'autres sentiments que ceux qu'il ridiculisait, et l'abbé lui ayant répondu que non, elle se laissa emporter à sa vivacité et lui représenta que son rôle était celui du plus méchant et du plus faux des hommes."

« Mme de La Pommeraye lui demanda si elles étaient fort connues.

"Beaucoup trop, malheureusement.

— À ce que je vois, vous ne tenez point à votre état ?

— Aucunement, et ma fille me proteste tous les jours que la condition la plus malheureuse lui paraît

---

1. Noble. Autre trait satirique décoché par le « philosophe » Diderot : comme beaucoup d'autres avant lui, ce « petit abbé » appelé à devenir évêque n'a d'autre mérite que son appartenance à l'aristocratie, son ambition et son immoralité. 2. Mauvaise compilation. Le mot accentue encore la charge : l'abbé « antiphilosophe » n'a pas de talent, il se contente de reprendre les écrits des adversaires des « philosophes ». Il a choisi par ambition le camp du pouvoir, mais pour l'heure il ne gagne avec un article de ce genre que de quoi payer son dîner...

préférable à la sienne ; elle en est d'une mélancolie qui achève d'éloigner d'elle…

— Si je me mettais en tête de vous faire à l'une et à l'autre le sort le plus brillant, vous y consentiriez donc ?

— À bien moins.

— Mais il s'agit de savoir si vous pouvez me promettre de vous conformer à la rigueur des conseils que je vous donnerai.

— Quels qu'ils soient vous pouvez y compter.

— Et vous serez à mes ordres quand il me plaira ?

— Nous les attendrons avec impatience.

— Cela me suffit ; retournez-vous-en ; vous ne tarderez pas à les recevoir. En attendant, défaites-vous de vos meubles, vendez tout, ne réservez pas même vos robes, si vous en avez de voyantes : cela ne cadrerait point à mes vues." »

Jacques, qui commençait à s'intéresser, dit à l'hôtesse : « Et si nous buvions à la santé de Mme de La Pommeraye ?

L'HÔTESSE. — Volontiers.

JACQUES. — Et à celle de Mme d'Aisnon.

L'HÔTESSE. — Tope.

JACQUES. — Et vous ne refuserez pas celle de Mlle d'Aisnon, qui a une jolie voix de chambre, peu de talent pour la danse, et une mélancolie qui la réduit à la triste nécessité d'accepter un nouvel amant tous les soirs.

L'HÔTESSE. — Ne riez pas, c'est la plus cruelle chose. Si vous saviez le supplice quand on n'aime pas !…

JACQUES. — À Mlle d'Aisnon, à cause de son supplice.

L'HÔTESSE. — Allons.

JACQUES. — Notre hôtesse, aimez-vous votre mari ?

L'HÔTESSE. — Pas autrement.

JACQUES. — Vous êtes donc bien à plaindre ; car il me semble d'une belle santé.

L'HÔTESSE. — Tout ce qui reluit n'est pas or.

JACQUES. — À la belle santé de notre hôte.

L'HÔTESSE. — Buvez tout seul.

LE MAÎTRE. — Jacques, Jacques, mon ami, tu te presses beaucoup.

L'HÔTESSE. — Ne craignez rien, monsieur, il est loyal[1], et demain il n'y paraîtra pas.

JACQUES. — Puisqu'il n'y paraîtra pas demain, et que je ne fais pas ce soir grand cas de ma raison, mon maître, ma belle hôtesse, encore une santé, une santé qui me tient fort à cœur, c'est celle de l'abbé de Mlle d'Aisnon.

L'HÔTESSE. — Fi donc ! monsieur Jacques ; un hypocrite, un ambitieux, un ignorant, un calomniateur, un intolérant ; car c'est comme cela qu'on appelle, je crois, ceux qui égorgeraient volontiers quiconque ne pense pas comme eux.

LE MAÎTRE. — C'est que vous ne savez pas, notre hôtesse, que Jacques que voilà est une espèce de philosophe, et qu'il fait un cas infini de ces petits imbéciles qui se déshonorent eux-mêmes et la cause qu'ils défendent si mal. Il dit que son capitaine les appelait le contrepoison des Huet, des Nicole, des Bossuet[2].

---

1. Le maître reproche à Jacques de boire trop et trop vite. L'hôtesse affirme pour le rassurer qu'elle sert du bon vin, qui ne rend pas malade. 2. Le paradoxe (satirique) peut s'expliquer ainsi : les écrits de trois esprits religieux et lettrés du XVIIe siècle, Huet (évêque d'Avranches, mais aussi mathématicien, helléniste, moraliste), Nicole (penseur janséniste et moraliste rigoureux) et Bossuet (évêque

Il n'entendait rien à cela, ni vous non plus... Votre mari est-il couché ?

L'HÔTESSE. — Il y a belle heure !

LE MAÎTRE. — Et il vous laisse causer comme cela ?

L'HÔTESSE. — Nos maris sont aguerris... Mme de La Pommeraye monte dans son carrosse, court les faubourgs les plus éloignés du quartier de la d'Aisnon, loue un petit appartement en maison honnête, dans le voisinage de la paroisse, le fait meubler le plus succinctement qu'il est possible, invite la d'Aisnon et sa fille à dîner, et les installe, ou le jour même, ou quelques jours après, leur laissant un précis de la conduite qu'elles ont à tenir.

JACQUES. — Notre hôtesse, nous avons oublié la santé de Mme de La Pommeraye, celle du marquis des Arcis ; ah ! cela n'est pas honnête.

L'HÔTESSE. — Allez, allez, monsieur Jacques, la cave n'est pas vide... Voici ce précis, ou ce que j'en ai retenu :

"Vous ne fréquenterez point les promenades publiques, car il ne faut pas qu'on vous découvre.

"Vous ne recevrez personne, pas même vos voisins et vos voisines, parce qu'il faut que vous affectiez la plus profonde retraite.

"Vous prendrez, dès demain, l'habit de dévotes, parce qu'il faut qu'on vous croie telles.

"Vous n'aurez chez vous que des livres de dévotion, parce qu'il ne faut rien autour de vous qui puisse vous trahir.

---

de Meaux, chef de l'Église gallicane) ont un pouvoir de persuasion et sont jugés dangereux par Diderot qui défend des idées opposées ; heureusement pour lui, les feuilles antiphilosophiques comme celles du « petit abbé » sont tellement ridicules qu'elles servent les « philosophes » en déconsidérant l'ensemble de leurs adversaires...

“Vous serez de la plus grande assiduité aux offices de la paroisse, jours de fête et jours ouvrables.

“Vous vous intriguerez[1] pour avoir entrée au parloir de quelque couvent ; le bavardage de ces recluses ne nous sera pas inutile.

“Vous ferez connaissance étroite avec le curé et les prêtres de la paroisse, parce que je puis avoir besoin de leur témoignage.

“Vous n’en recevrez d’habitude aucun.

“Vous irez à confesse et vous approcherez des sacrements au moins deux fois le mois.

“Vous reprendrez votre nom de famille, parce qu’il est honnête, et qu’on fera tôt ou tard des informations dans votre province.

“Vous ferez de temps en temps quelques petites aumônes, et vous n’en recevrez point, sous quelque prétexte que ce puisse être. Il faut qu’on ne vous croie ni pauvres ni riches.

“Vous filerez, vous coudrez, vous tricoterez, vous broderez, et vous donnerez aux dames de charité votre ouvrage à vendre.

“Vous vivrez de la plus grande sobriété ; deux petites portions d’auberge[2] ; et puis c’est tout.

“Votre fille ne sortira jamais sans vous, ni vous sans elle. De tous les moyens d’édifier à peu de frais, vous n’en négligerez aucun.

---

1. Vous utiliserez tous les moyens, mais discrètement…
2. Elles se feront monter leurs repas (sobres) d’une auberge : elles n’auront pas de domestiques, témoins gênants, qui pourraient démasquer leur hypocrisie (comme Jacob dans *Le Paysan parvenu* de Marivaux) et jaser mais ne se feront pas la cuisine elles-mêmes car ce ne sont pas des femmes du peuple : elles sont censées avoir vécu dans « l’opulence » (voir p. 88) et donc être nobles, comme l’indique leur nom d’emprunt. Mme de La Pommeraye, ce « diable de femme », a tout prévu et tout réglé.

“Surtout jamais chez vous, je vous le répète, ni prêtres, ni moines, ni dévotes[1].

“Vous irez dans les rues les yeux baissés ; à l’église, vous ne verrez que Dieu.

“J’en conviens, cette vie est austère, mais elle ne durera pas, et je vous en promets la plus signalée récompense. Voyez, consultez-vous : si cette contrainte vous paraît au-dessus de vos forces, avouez-le-moi ; je n’en serai ni offensée, ni surprise. J’oubliais de vous dire qu’il serait à propos que vous vous fissiez au verbiage de la mysticité, et que l’histoire de l’Ancien et du Nouveau Testament vous devînt familière, afin qu’on vous prenne pour des dévotes d’ancienne date. Faites-vous jansénistes ou molinistes[2], comme il vous plaira, mais le mieux sera d’avoir l’opinion de votre curé. Ne manquez pas, à tort et à travers, dans toute occasion, de vous déchaîner contre les philosophes ; criez que Voltaire est l’Antéchrist, sachez par cœur l’ouvrage de votre petit abbé, et colportez-le, s’il le faut…”

« Mme de La Pommeraye ajouta : “Je ne vous verrai point chez vous, je ne suis pas digne du commerce[3] d’aussi saintes femmes, mais n’en ayez aucune inquiétude : vous viendrez ici clandestinement quelquefois et nous nous dédommagerons en petit comité de votre régime pénitent. Mais, tout en jouant la dévotion,

---

1. Pour ne pas risquer d’être accusées, à tort ou à raison, d’entretenir avec des hommes d’Église des relations contraires à la morale chrétienne. C’est dire l’estime de Mme de La Pommeraye (et de Diderot) pour les prêtres… **2.** Deux courants théologiques opposés du christianisme : le jansénisme en donne une interprétation très austère qui nie la liberté humaine ; le molinisme, propagé par les jésuites, concilie la liberté humaine et la grâce divine. **3.** De la fréquentation.

n'allez pas vous en empêtrer. Quant aux dépenses de votre petit ménage, c'est mon affaire. Si mon projet réussit, vous n'aurez plus besoin de moi ; s'il manque sans qu'il y ait de votre faute, je suis assez riche pour vous assurer un sort honnête et meilleur que l'état que vous m'aurez sacrifié. Mais surtout soumission, soumission absolue, illimitée à mes volontés, sans quoi je ne réponds de rien pour le présent, et ne m'engage à rien pour l'avenir."

LE MAÎTRE, *en frappant sur sa tabatière et regardant à sa montre l'heure qu'il est.* — Voilà une terrible tête de femme ! Dieu me garde d'en rencontrer une pareille !

L'HÔTESSE. — Patience, patience, vous ne la connaissez pas encore.

JACQUES. — En attendant, ma belle, ma charmante hôtesse, si nous disions un mot à la bouteille ?

L'HÔTESSE. — Monsieur Jacques, mon vin de Champagne m'embellit à vos yeux.

LE MAÎTRE. — Je suis pressé depuis si longtemps de vous faire une question, peut-être indiscrète, que je n'y saurais plus tenir.

L'HÔTESSE. — Faites votre question.

LE MAÎTRE. — Je suis sûr que vous n'êtes pas née dans une hôtellerie.

L'HÔTESSE. — Il est vrai.

LE MAÎTRE. — Que vous y avez été conduite d'un état plus élevé par des circonstances extraordinaires.

L'HÔTESSE. — J'en conviens.

LE MAÎTRE. — Et si nous suspendions un moment l'histoire de Mme de La Pommeraye…

L'HÔTESSE. — Cela ne se peut. Je raconte volontiers les aventures des autres, mais non pas les miennes. Sachez seulement que j'ai été élevée à

Saint-Cyr[1], où j'ai peu lu l'Évangile et beaucoup de romans. De l'abbaye royale à l'auberge que je tiens il y a loin.

LE MAÎTRE. — Il suffit ; prenez que je ne vous aie rien dit.

L'HÔTESSE. — Tandis que nos deux dévotes édifiaient, et que la bonne odeur de leur piété et de la sainteté de leurs mœurs se répandait à la ronde, Mme de La Pommeraye observait avec le marquis les démonstrations extérieures de l'estime, de l'amitié, de la confiance la plus parfaite. Toujours bien venu, jamais ni grondé, ni boudé, même après de longues absences, il lui racontait toutes ses petites bonnes fortunes, et elle paraissait s'en amuser franchement. Elle lui donnait ses conseils dans les occasions d'un succès difficile, elle lui jetait quelquefois des mots de mariage, mais c'était d'un ton si désintéressé qu'on ne pouvait la soupçonner de parler pour elle. Si le marquis lui adressait quelques-uns de ces propos tendres ou galants dont on ne peut guère se dispenser avec une femme qu'on a connue, ou elle en souriait, ou elle les laissait tomber. À l'en croire, son cœur était paisible et, ce qu'elle n'aurait jamais imaginé, elle éprouvait qu'un ami tel que lui suffisait au bonheur de la vie ; et puis elle n'était plus de la première jeunesse, et ses goûts étaient bien émoussés[2].

"Quoi ! vous n'avez rien à me confier ?

— Non.

---

1. Institution fondée par la dévote Mme de Maintenon (maîtresse de Louis XIV, qui l'épousa secrètement) pour éduquer les jeunes filles nobles sans fortune. 2. Cette phrase rapporte au discours indirect libre les propos (hypocrites) que Mme de La Pommeraye tient au marquis pour le tromper.

— Mais le petit comte, mon amie, qui vous pressait si vivement de mon règne ?

— Je lui ai fermé ma porte, et je ne le vois plus.

— C'est d'une bizarrerie ! Et pourquoi l'avoir éloigné ?

— C'est qu'il ne me plaît pas.

— Ah ! madame, je crois vous deviner, vous m'aimez encore.

— Cela se peut.

— Vous comptez sur un retour.

— Pourquoi non ?

— Et vous vous ménagez tous les avantages d'une conduite sans reproche.

— Je le crois.

— Et si j'avais le bonheur ou le malheur de reprendre, vous vous feriez au moins un mérite du silence que vous garderiez sur mes torts.

— Vous me croyez bien délicate et bien généreuse.

— Mon amie, après ce que vous avez fait, il n'est aucune sorte d'héroïsme dont vous ne soyez capable.

— Je ne suis pas trop fâchée que vous le pensiez.

— Ma foi, je cours le plus grand danger avec vous, j'en suis sûr."

JACQUES. — Et moi aussi.

L'HÔTESSE. — Il y avait environ trois mois qu'ils en étaient au même point, lorsque Mme de La Pommeraye crut qu'il était temps de mettre en jeu ses grands ressorts. Un jour d'été qu'il faisait beau et qu'elle attendait le marquis à dîner, elle fit dire à la d'Aisnon et à sa fille de se rendre au Jardin du Roi[1]. Le marquis vint, on servit de bonne heure, on dîna, on

1. C'est aujourd'hui le Jardin des plantes. Il comprenait le Cabinet du Roi qui présentait une collection d'estampes d'histoire naturelle créée à la demande de Louis XIV.

dîna gaiement. Après dîner, Mme de La Pommeraye propose une promenade au marquis, s'il n'avait rien de plus agréable à faire. Il n'y avait ce jour-là ni opéra, ni comédie[1], ce fut le marquis qui en fit la remarque ; et pour se dédommager d'un spectacle amusant par un spectacle utile, le hasard voulut que ce fut lui-même qui invitât la marquise à aller voir le Cabinet du Roi. Il ne fut pas refusé, comme vous pensez bien. Voilà les chevaux mis, les voilà partis, les voilà arrivés au Jardin du Roi et les voilà mêlés dans la foule, regardant tout, et ne voyant rien, comme les autres… »

Lecteur, j'avais oublié de vous peindre le site des trois personnages dont il s'agit ici, Jacques, son maître et l'hôtesse ; faute de cette attention, vous les avez entendus parler, mais vous ne les avez point vus ; il vaut mieux tard que jamais. Le maître, à gauche, en bonnet de nuit, en robe de chambre, était étalé nonchalamment dans un grand fauteuil de tapisserie, son mouchoir jeté sur le bras du fauteuil, et sa tabatière à la main. L'hôtesse sur le fond, en face de la porte, proche de la table, son verre devant elle. Jacques, sans chapeau, à sa droite, les deux coudes appuyés sur la table, et la tête penchée entre deux bouteilles, deux autres étaient à terre à côté de lui…

« Au sortir du Cabinet, le marquis et sa bonne amie se promenèrent dans le jardin. Ils suivaient la première allée qui est à droite en entrant, proche l'école des arbres, lorsque Mme de La Pommeraye fit un cri de surprise, en disant : "Je ne me trompe pas, je crois que ce sont elles ; oui, ce sont elles-mêmes." Aussitôt on

1. L'Opéra et la Comédie-Française donnaient des représentations l'après-midi.

quitte le marquis, et l'on s'avance à la rencontre de nos deux dévotes. La d'Aisnon fille était à ravir sous ce vêtement simple qui, n'attirant point le regard, fixe l'attention tout entière sur la personne. “Ah ! c'est vous, madame ?

— Oui, c'est moi.

— Et comment vous portez-vous, et qu'êtes-vous devenue depuis une éternité ?

— Vous savez nos malheurs, il a fallu s'y résigner, et vivre retirées comme il convenait à notre petite fortune, sortir du monde quand on ne peut plus s'y montrer décemment.

— Mais moi, me délaisser, moi qui ne suis pas du monde, et qui ai toujours le bon esprit de le trouver aussi maussade qu'il l'est !

— Un des inconvénients de l'infortune, c'est la méfiance qu'elle inspire : les indigents craignent d'être importuns.

— Vous, importunes pour moi ! ce soupçon est une bonne injure.

— Madame, j'en suis tout à fait innocente, je vous ai rappelée dix fois à maman, mais elle me disait : Mme de La Pommeraye… personne, ma fille, ne pense plus à nous.

— Quelle injustice ! Asseyons-nous, nous causerons. Voilà M. le marquis des Arcis, c'est mon ami, et sa présence ne nous gênera pas. Comme mademoiselle est grandie ! comme elle est embellie depuis que nous ne nous sommes vues !

— Notre position a cela d'avantageux qu'elle nous prive de tout ce qui nuit à la santé. Voyez son visage, voyez ses bras ; voilà ce qu'on doit à la vie frugale et réglée, au sommeil, au travail, à la bonne conscience ; et c'est quelque chose…”

« On s'assit, on s'entretint d'amitié. La d'Aisnon mère parla bien, la d'Aisnon fille parla peu. Le ton de la dévotion fut celui de l'une et de l'autre, mais avec aisance et sans pruderie. Longtemps avant la chute du jour nos deux dévotes se levèrent. On leur représenta[1] qu'il était encore de bonne heure ; la d'Aisnon mère dit assez haut à l'oreille de Mme de La Pommeraye, qu'elles avaient encore un exercice de piété à remplir et qu'il leur était impossible de rester plus longtemps. Elles étaient déjà à quelque distance, lorsque Mme de La Pommeraye se reprocha de ne leur avoir pas demandé leur demeure et de ne leur avoir pas appris la sienne : "C'est une faute, ajouta-t-elle, que je n'aurais pas commise autrefois[2]." Le marquis courut pour la réparer ; elles acceptèrent l'adresse de Mme de La Pommeraye, mais, quelles que furent les instances du marquis, il ne put obtenir la leur. Il n'osa pas leur offrir sa voiture, en avouant à Mme de La Pommeraye qu'il en avait été tenté.

« Le marquis ne manqua pas de demander à Mme de La Pommeraye ce que c'étaient que ces deux femmes.

"Ce sont deux créatures plus heureuses que nous. Voyez la belle santé dont elles jouissent ! la sérénité qui règne sur leur visage ! l'innocence, la décence qui dictent leurs propos ! On ne voit point cela, on n'entend point cela dans nos cercles. Nous plaignons les dévots, les dévots nous plaignent, et à tout prendre, je penche à croire qu'ils ont raison.

— Mais, marquise, est-ce que vous seriez tentée de devenir dévote ?

1. Fit observer. 2. Mme de La Pommeraye sait que les d'Aisnon, obéissant à ses ordres, ne communiqueront pas leur adresse au marquis, qui en conclura que ce sont d'authentiques dévotes vivant dans une austère « retraite ».

— Pourquoi pas ?

— Prenez-y garde, je ne voudrais pas que notre rupture, si c'en est une, vous menât jusque-là.

— Et vous aimeriez mieux que je rouvrisse ma porte au petit comte ?

— Beaucoup mieux.

— Et vous me le conseilleriez ?

— Sans balancer[1]..."

« Mme de La Pommeraye dit au marquis ce qu'elle savait du nom, de la province, du premier état et du procès des deux dévotes, en y mettant tout l'intérêt et tout le pathétique possible, puis elle ajouta : "Ce sont deux femmes d'un mérite rare, la fille surtout. Vous concevez qu'avec une figure comme la sienne on ne manque de rien ici quand on veut en faire ressource, mais elles ont préféré une honnête modicité à une aisance honteuse ; ce qui leur reste est si mince, qu'en vérité je ne sais comment elles font pour subsister. Cela travaille nuit et jour. Supporter l'indigence quand on y est né, c'est ce qu'une multitude d'hommes savent faire ; mais passer de l'opulence au plus étroit nécessaire, s'en contenter, y trouver la félicité, c'est ce que je ne comprends pas. Voilà à quoi sert la religion ; nos philosophes auront beau dire, la religion est une bonne chose.

— Surtout pour les malheureux.

— Et qui est-ce qui ne l'est pas, plus ou moins ?

— Je veux mourir si vous ne devenez dévote.

— Le grand malheur ! Cette vie est si peu de chose quand on la compare à une éternité à venir !

— Mais vous parlez déjà comme un missionnaire.

— Je parle comme une femme persuadée. Là,

1. Sans hésiter.

marquis, répondez-moi vrai : toutes nos richesses ne seraient-elles pas de bien pauvres guenilles à nos yeux, si nous étions plus pénétrés de l'attente des biens et de la crainte des peines d'une autre vie ? Corrompre une jeune fille ou une femme attachée à son mari, avec la croyance qu'on peut mourir entre ses bras et tomber tout à coup dans des supplices sans fin, convenez que ce serait le plus incroyable délire.

— Cela se fait pourtant tous les jours.

— C'est qu'on n'a point de foi, c'est qu'on s'étourdit.

— C'est que nos opinions religieuses ont peu d'influence sur nos mœurs[1]. Mais, mon amie, je vous jure que vous vous acheminez à toutes jambes au confessionnal.

— C'est bien ce que je pourrais faire de mieux.

— Allez, vous êtes folle ; vous avez encore une vingtaine d'années de jolis péchés à faire : n'y manquez pas ; ensuite vous vous en repentirez, et vous irez vous en vanter aux pieds du prêtre, si cela vous convient[2]... Mais voilà une conversation d'un tour bien sérieux ; votre imagination se noircit furieusement, et c'est l'effet de cette abominable solitude où vous vous êtes renfoncée. Croyez-moi, rappelez au plus tôt le petit comte, vous ne verrez plus ni diable, ni enfer ; et vous serez charmante comme auparavant. Vous craignez que je vous le reproche si nous nous raccommodons jamais,

---

1. Le *Supplément au Voyage de Bougainville* développe l'idée que les hommes satisfont leurs désirs naturels en dépit des lois civiles et religieuses mais il ajoute que cette transgression les rend malheureux. 2. Type de la fausse dévote couramment moquée au XVIIe siècle (voir *Le Tartuffe* de Molière, vers 121 à 140). Mme de La Pommeraye, elle, se paie le luxe de se faire passer pour une chrétienne « persuadée », sincère...

mais d'abord nous ne nous raccommoderons peut-être pas, et par une appréhension bien ou mal fondée, vous vous privez du plaisir le plus doux ; en vérité, l'honneur de valoir mieux que moi ne vaut pas ce sacrifice.

— Vous dites bien vrai, aussi n'est-ce pas là ce qui me retient…"

« Ils dirent encore beaucoup d'autres choses que je ne me rappelle pas.

JACQUES. — Notre hôtesse, buvons un coup : cela rafraîchit la mémoire.

L'HÔTESSE. — Buvons un coup… Après quelques tours d'allées, Mme de La Pommeraye et le marquis remontèrent en voiture. Mme de La Pommeraye dit : "Comme cela me vieillit ! Quand cela vint à Paris, cela n'était pas plus haut qu'un chou.

— Vous parlez de la fille de cette dame que nous avons trouvée à la promenade ?

— Oui. C'est comme dans un jardin où les roses fanées font place aux roses nouvelles ; l'avez-vous regardée ?

— Je n'y ai pas manqué.

— Comment la trouvez-vous ?

— C'est la tête d'une Vierge de Raphaël sur le corps de sa *Galatée* ; et puis une douceur dans la voix !

— Une modestie dans le regard !

— Une bienséance dans le maintien !

— Une décence dans le propos qui ne m'a frappée dans aucune fille comme dans celle-là. Voilà l'effet de l'éducation.

— Lorsqu'il est préparé par un beau naturel."

« Le marquis déposa Mme de La Pommeraye à sa porte, et Mme de La Pommeraye n'eut rien de plus pressé que de témoigner à nos deux dévotes combien elle était satisfaite de la manière dont elles avaient rempli leur rôle.

JACQUES. — Si elles continuent comme elles ont débuté, monsieur le marquis des Arcis, fussiez-vous le diable, vous ne vous en tirerez pas.

LE MAÎTRE. — Je voudrais bien savoir quel est leur projet.

JACQUES. — Moi, j'en serais bien fâché : cela gâterait tout.

L'HÔTESSE. — De ce jour, le marquis devint plus assidu chez Mme de La Pommeraye, qui s'en aperçut sans lui en demander la raison. Elle ne lui parlait jamais la première des deux dévotes, elle attendait qu'il entamât ce texte[1], ce que le marquis faisait toujours d'impatience et avec une indifférence mal simulée.

LE MARQUIS. — "Avez-vous vu vos amies ?

MADAME DE LA POMMERAYE. — Non.

LE MARQUIS. — Savez-vous que cela n'est pas trop bien ? Vous êtes riche, elles sont dans le malaise[2], et vous ne les invitez pas même à manger quelquefois !

MADAME DE LA POMMERAYE. — Je me croyais un peu mieux connue de monsieur le marquis. L'amour autrefois me prêtait des vertus, aujourd'hui l'amitié me prête des défauts. Je les ai invitées dix fois sans avoir pu les obtenir une. Elles refusent de venir chez moi par des idées singulières, et quand je les visite il faut que je laisse mon carrosse à l'entrée de la rue et que j'aille en déshabillé[3], sans rouge et sans diamants. Il ne faut pas trop s'étonner de leur circonspection : un faux rapport suffirait pour aliéner l'esprit d'un certain nombre de personnes bienfaisantes et les priver de leurs

---

1. Ce sujet de conversation. 2. Elles ne sont pas à leur aise, elles vivent chichement. 3. Par opposition au vêtement d'apparat nécessaire pour aller dans le monde, vêtement plus simple qu'une femme portait ordinairement chez elle, le matin.

secours. Marquis ! le bien apparemment coûte beaucoup à faire.

LE MARQUIS. — Surtout aux dévots.

MADAME DE LA POMMERAYE. — Puisque le plus léger prétexte suffit pour les en dispenser. Si l'on savait que j'y prends intérêt, bientôt on dirait : Mme de La Pommeraye les protège ; elles n'ont besoin de rien ; et voilà les charités supprimées.

LE MARQUIS. — Les charités !

MADAME DE LA POMMERAYE. — Oui, monsieur, les charités !

LE MARQUIS. — Vous les connaissez, et elles en sont aux charités ?

MADAME DE LA POMMERAYE. — Encore une fois, marquis, je vois bien que vous ne m'aimez plus et qu'une partie de votre estime s'en est allée avec votre tendresse. Et qui est-ce qui vous a dit que, si ces femmes étaient dans le besoin des aumônes de la paroisse, c'était de ma faute ?

LE MARQUIS. — Pardon, madame, mille pardons, j'ai tort. Mais quelle raison de se refuser à la bienveillance d'une amie ?

MADAME DE LA POMMERAYE. — Ah ! marquis, nous sommes bien loin, nous autres gens du monde, de connaître les délicatesses scrupuleuses des âmes timorées. Elles ne croient pas pouvoir accepter les secours de toute personne indistinctement.

LE MARQUIS. — C'est nous ôter le meilleur moyen d'expier nos folles dissipations.

MADAME DE LA POMMERAYE. — Point du tout. Je suppose, par exemple, que monsieur le marquis des Arcis fût touché de compassion pour elles ; que ne fait-il passer ces secours par des mains plus dignes ?

LE MARQUIS. — Et moins sûres.

MADAME DE LA POMMERAYE. — Cela se peut.

LE MARQUIS. — Dites-moi, si je leur envoyais une vingtaine de louis, croyez-vous qu'elles les refuseraient ?

MADAME DE LA POMMERAYE. — J'en suis sûre ; et ce refus vous semblerait déplacé dans une mère qui a un enfant charmant ?

LE MARQUIS. — Savez-vous que j'ai été tenté de les aller voir ?

MADAME DE LA POMMERAYE. — Je le crois. Marquis ! marquis ! prenez garde à vous ; voilà un mouvement de compassion bien subit et bien suspect.

LE MARQUIS. — Quoi qu'il en soit, m'auraient-elles reçu ?

MADAME DE LA POMMERAYE. — Non, certes ! Avec l'éclat de votre voiture, de vos habits, de vos gens et les charmes de la jeune personne, il n'en fallait pas davantage pour apprêter au caquet des voisins, des voisines, et les perdre.

LE MARQUIS. — Vous me chagrinez ; car, certes, ce n'était pas mon dessein. Il faut donc renoncer à les secourir et à les voir ?

MADAME DE LA POMMERAYE. — Je le crois.

LE MARQUIS. — Mais si je leur faisais passer mes secours par votre moyen ?

MADAME DE LA POMMERAYE. — Je ne crois pas ces secours-là assez purs pour m'en charger.

LE MARQUIS. — Voilà qui est cruel !

MADAME DE LA POMMERAYE. — Oui, cruel, c'est le mot.

LE MARQUIS. — Quelle vision ! marquise, vous vous moquez. Une jeune fille que je n'ai jamais vue qu'une fois.

MADAME DE LA POMMERAYE. — Mais du petit nombre de celles qu'on n'oublie pas quand on les a vues.

LE MARQUIS. — Il est vrai que ces figures-là vous suivent.

MADAME DE LA POMMERAYE. — Marquis, prenez garde à vous, vous vous préparez des chagrins, et j'aime mieux avoir à vous en garantir que d'avoir à vous en consoler. N'allez pas confondre celles-ci avec celles que vous avez connues : cela ne se ressemble pas ; on ne les tente pas, on ne les séduit pas, on n'en approche pas, elles n'écoutent pas, on n'en vient pas à bout."

« Après cette conversation, le marquis se rappela tout à coup qu'il avait une affaire pressée, il se leva brusquement et sortit soucieux.

« Pendant un assez long intervalle de temps, le marquis ne passa presque pas un jour sans voir Mme de La Pommeraye, mais il arrivait, il s'asseyait, il gardait le silence, Mme de La Pommeraye parlait seule ; le marquis au bout d'un quart d'heure se levait et s'en allait.

« Il fit ensuite une éclipse de près d'un mois après laquelle il reparut, mais triste, mais mélancolique, mais défait. La marquise, en le voyant, lui dit : "Comme vous voilà fait ! d'où sortez-vous ? Est-ce que vous avez passé tout ce temps en petite maison[1] ?

LE MARQUIS. — Ma foi, à peu près. De désespoir, je me suis précipité dans un libertinage affreux.

MADAME DE LA POMMERAYE. — Comment de désespoir ?

LE MARQUIS. — Oui, de désespoir..."

« Après ce mot, il se mit à se promener en long et en large sans mot dire ; il allait aux fenêtres, il regardait le ciel, il s'arrêtait devant Mme de La Pommeraye, il

---

1. Maison discrète et luxueuse que les riches libertins (comme le marquis) réservaient à leurs rencontres amoureuses.

allait à la porte, il appelait ses gens à qui il n'avait rien à dire, il les renvoyait, il rentrait, il revenait à Mme de La Pommeraye qui travaillait sans l'apercevoir, il voulait parler, il n'osait ; enfin Mme de La Pommeraye en eut pitié et lui dit : "Qu'avez-vous ? On est un mois sans vous voir, vous reparaissez avec un visage de déterré et vous rôdez comme une âme en peine.

LE MARQUIS. — Je n'y puis plus tenir, il faut que je vous dise tout. J'ai été vivement frappé de la fille de votre amie, j'ai tout, mais tout fait pour l'oublier, et plus j'ai fait, plus je m'en suis souvenu. Cette créature angélique m'obsède ; rendez-moi un service important.

MADAME DE LA POMMERAYE. — Quel ?

LE MARQUIS. — Il faut absolument que je la revoie et que je vous en aie l'obligation. J'ai mis mes grisons[1] en campagne. Toute leur venue, toute leur allée est de chez elles à l'église et de l'église chez elles. Dix fois je me suis présenté à pied sur leur chemin, elles ne m'ont seulement pas aperçu ; je me suis planté sur leur porte inutilement. Elles m'ont d'abord rendu libertin comme un sapajou, puis dévot comme un ange, je n'ai pas manqué la messe une fois depuis quinze jours. Ah ! mon amie, quelle figure ! qu'elle est belle !"

« Mme de La Pommeraye savait tout cela. "C'est-à-dire, répondit-elle au marquis, qu'après avoir tout mis en œuvre pour guérir, vous n'avez rien omis pour devenir fou, et que c'est ce dernier parti qui vous a réussi ?

LE MARQUIS. — Et réussi, je ne saurais vous exprimer à quel point. N'aurez-vous pas compassion de moi et ne vous devrai-je pas le bonheur de la revoir ?

---

1. Laquais habillés de gris (sans la livrée colorée habituelle qui les aurait fait reconnaître) employés pour des tâches secrètes (ici, l'espionnage).

MADAME DE LA POMMERAYE. — La chose est difficile, et je m'en occuperai, mais à une condition : c'est que vous laisserez ces infortunées en repos et que vous cesserez de les tourmenter. Je ne vous cèlerai point qu'elles m'ont écrit de votre persécution avec amertume, et voilà leur lettre."

« La lettre qu'on donnait à lire au marquis avait été concertée entre elles. C'était la d'Aisnon fille qui paraissait l'avoir écrite par ordre de sa mère, et l'on y avait mis d'honnête, de doux, de touchant, d'élégance et d'esprit, tout ce qui pouvait renverser la tête du marquis. Aussi en accompagnait-il chaque mot d'une exclamation ; pas une phrase qu'il ne relût ; il pleurait de joie, il disait à Mme de La Pommeraye : "Convenez donc, madame, qu'on n'écrit pas mieux que cela.

MADAME DE LA POMMERAYE. — J'en conviens.

LE MARQUIS. — Et qu'à chaque ligne on se sent pénétré d'admiration et de respect pour des femmes de ce caractère.

MADAME DE LA POMMERAYE. — Cela devrait être.

LE MARQUIS. — Je vous tiendrai ma parole, mais songez, je vous en supplie, à ne pas manquer à la vôtre.

MADAME DE LA POMMERAYE. — En vérité, marquis, je suis aussi folle que vous. Il faut que vous ayez conservé un terrible empire sur moi ; cela m'effraye.

LE MARQUIS. — Quand la verrai-je ?

MADAME DE LA POMMERAYE. — Je n'en sais rien. Il faut s'occuper premièrement du moyen d'arranger la chose, et d'éviter tout soupçon. Elles ne peuvent ignorer vos vues ; voyez la couleur que ma complaisance aurait à leurs yeux, si elles s'imaginaient que j'agis de concert avec vous... Mais, marquis, entre nous, qu'ai-je besoin de cet embarras-là ? Que m'importe que vous aimiez, que vous n'aimiez pas ? que vous extravaguiez ? Démêlez votre fusée[1] vous-même. Le rôle que vous me faites faire est aussi trop singulier.

LE MARQUIS. — Mon amie, si vous m'abandonnez, je suis perdu ! Je ne vous parlerai point de moi, puisque je vous offenserais ; mais je vous conjurerai par ces intéressantes et dignes créatures qui vous sont si chères. Vous me connaissez ! épargnez-leur toutes les folies dont je suis capable. J'irai chez elles, oui, j'irai, je vous en préviens, je forcerai leur porte, j'entrerai malgré elles, je m'assiérai, je ne sais ce que je dirai, ce que je ferai, car que n'avez-vous point à craindre de l'état violent où je suis ?..."

« Vous remarquerez, messieurs, dit l'hôtesse, que depuis le commencement de cette aventure jusqu'à ce moment, le marquis des Arcis n'avait pas dit un mot qui ne fût un coup de poignard dirigé au cœur de Mme de La Pommeraye. Elle étouffait d'indignation et de rage ; aussi répondit-elle au marquis, d'une voix tremblante et entrecoupée :

"Mais vous avez raison. Ah ! si j'avais été aimée comme cela, peut-être que... Passons là-dessus... Ce n'est pas pour vous que j'agirai, mais je me flatte du moins, monsieur le marquis, que vous me donnerez du temps.

LE MARQUIS. — Le moins, le moins que je pourrai."

JACQUES. — Ah ! notre hôtesse, quel diable de femme ! Lucifer n'est pas pire. J'en tremble, et il faut que je boive un coup pour me rassurer... Est-ce que vous me laisserez boire tout seul ?

L'HÔTESSE. — Moi, je n'ai pas peur... Mme de La Pommeraye disait : "Je souffre, mais je ne souffre pas

1. Votre affaire (par analogie avec le fil emmêlé d'un fuseau).

seule. Cruel homme ! j'ignore quelle sera la durée de mon tourment, mais j'éterniserai le tien..." Elle tint le marquis près d'un mois dans l'attente de l'entrevue qu'elle avait promise, c'est-à-dire qu'elle lui laissa tout le temps de pâtir, de se bien enivrer, et que sous prétexte d'adoucir la longueur du délai, elle lui permit de l'entretenir de sa passion[1].

LE MAÎTRE. — Et de la fortifier en en parlant.

JACQUES. — Quelle femme ! quel diable de femme ! Notre hôtesse, ma frayeur redouble.

L'HÔTESSE. — Le marquis venait donc tous les jours causer avec Mme de La Pommeraye, qui achevait de l'irriter, de l'endurcir et de le perdre par les discours les plus artificieux. Il s'informait de la patrie, de la naissance, de l'éducation, de la fortune et du désastre de ces femmes, il y revenait sans cesse, et ne se croyait jamais assez instruit et touché. La marquise lui faisait remarquer le progrès de ses sentiments et lui en familiarisait le terme sous prétexte de lui en inspirer de l'effroi. "Marquis, lui disait-elle, prenez-y garde, cela vous mènera loin. Il pourrait arriver un jour que mon amitié, dont vous faites un étrange abus, ne m'excusât ni à mes yeux ni aux vôtres. Ce n'est pas que tous les jours on ne fasse de plus grandes folies. Marquis, je crains fort que vous n'obteniez cette fille qu'à des conditions qui, jusqu'à présent, n'ont pas été de votre goût."

« Lorsque Mme de La Pommeraye crut le marquis bien préparé pour le succès de son dessein, elle

---

1. Les obstacles, les retards sont censés développer, exacerber l'amour. Corollaire chez Marivaux : « De toutes les façons de faire cesser l'amour, la plus sûre, c'est de le satisfaire » (*Le Cabinet du philosophe*, dans *Journaux et œuvres diverses*, Garnier, 1969, p. 338).

arrangea avec les deux femmes qu'elles viendraient dîner chez elle ; et, avec le marquis que, pour leur donner le change, il les surprendrait en habit de campagne[1], ce qui fut exécuté.

« On en était au second service lorsqu'on annonça le marquis. Le marquis, Mme de La Pommeraye et les deux d'Aisnon jouèrent[2] supérieurement l'embarras. "Madame, dit-il à Mme de La Pommeraye, j'arrive de ma terre ; il est trop tard pour aller chez moi où l'on ne m'attend que ce soir, et je me suis flatté que vous ne me refuseriez pas à dîner » ; et tout en parlant, il avait pris une chaise, et s'était mis à table. On avait disposé le couvert de manière qu'il se trouvât à côté de la mère et en face de la fille. Il remercia d'un clin d'œil Mme de La Pommeraye de cette attention délicate. Après le trouble du premier instant, nos deux dévotes se rassurèrent. On causa, on fut même gai. Le marquis fut de la plus grande attention pour la mère, et de la politesse la plus réservée pour la fille. C'était un amusement secret, bien plaisant pour ces trois femmes, que le scrupule du marquis à ne rien dire, à ne se rien permettre qui pût les effaroucher. Elles eurent l'inhumanité de le faire parler dévotion pendant trois heures de suite, et Mme de La Pommeraye lui disait : "Vos discours font merveilleusement l'éloge de vos parents ; les premières leçons qu'on en reçoit ne s'effacent jamais. Vous entendez toutes les subtilités de l'amour divin comme si vous n'aviez été qu'à saint François

---

1. Vêtement adapté aux conditions de voyage de l'époque, moins élégant que celui qu'un homme portait pour aller dans le monde. Le marquis veut faire croire qu'il vient à l'improviste. 2. Le comique de la situation vient du fait que les quatre personnages jouent un rôle mais que seul le marquis, qui croit tromper les dévotes, est joué…

de Sales pour toute nourriture. N'auriez-vous pas été un peu quiétiste[1] ?

— Je ne m'en souviens plus..."

« Il est inutile de dire que nos dévotes mirent dans la conversation tout ce qu'elles avaient de grâces, d'esprit, de séduction et de finesse. On toucha en passant le chapitre des passions, et Mlle Duquênoi (c'était son nom de famille[2]) prétendit qu'il n'y en avait qu'une seule de dangereuse. Le marquis fut de son avis. Entre les six et sept heures les deux femmes se retirèrent, sans qu'il fût possible de les arrêter, Mme de La Pommeraye prétendant avec Mme Duquênoi qu'il fallait aller de préférence à son devoir, sans quoi il n'y aurait presque point de journée dont la douceur ne fût altérée par le remords. Les voilà parties au grand regret du marquis, et le marquis en tête à tête avec Mme de La Pommeraye.

MADAME DE LA POMMERAYE. — "Eh bien ! marquis, ne faut-il pas que je sois bien bonne ? Trouvez-moi à Paris une autre femme qui en fasse autant.

LE MARQUIS, *en se jetant à ses genoux*. — J'en conviens ; il n'y en a pas une qui vous ressemble. Votre bonté me confond : vous êtes la seule véritable amie qu'il y ait au monde.

MADAME DE LA POMMERAYE. — Êtes-vous bien sûr de sentir toujours également le prix de mon procédé ?

LE MARQUIS. — Je serais un monstre d'ingratitude, si j'en rabattais.

---

1. Le quiétisme est une doctrine chrétienne mystique prônant l'abandon de l'âme à l'amour divin. Développé en France par Mme Guyon et Fénelon et combattu par Bossuet, il fut condamné par le pape. 2. Donc son vrai nom. Les deux femmes ont pris le nom de « d'Aisnon » pour tenir leur tripot.

MADAME DE LA POMMERAYE. — Changeons de texte. Quel est l'état de votre cœur ?

LE MARQUIS. — Faut-il vous l'avouer franchement ? Il faut que j'aie cette fille-là, ou que j'en périsse.

MADAME DE LA POMMERAYE. — Vous l'aurez sans doute, mais il faut savoir comme quoi.

LE MARQUIS. — Nous verrons.

MADAME DE LA POMMERAYE. — Marquis ! marquis ! je vous connais, je les connais : tout est vu."

« Le marquis fut environ deux mois sans se montrer chez Mme de La Pommeraye, et voici ses démarches dans cet intervalle. Il fit connaissance avec le confesseur de la mère et de la fille. C'était un ami du petit abbé dont je vous ai parlé. Ce prêtre, après avoir mis toutes les difficultés hypocrites qu'on peut apporter à une intrigue malhonnête, et vendu le plus chèrement qu'il fut possible la sainteté de son ministère, se prêta à tout ce que le marquis voulut.

« La première scélératesse de l'homme de Dieu, ce fut d'aliéner la bienveillance du curé, et de lui persuader que ces deux protégées de Mme de La Pommeraye obtenaient de la paroisse une aumône dont elles privaient des indigents plus à plaindre qu'elles. Son but était de les amener à ses vues par la misère.

« Ensuite il travailla au tribunal de la confession à jeter la division entre la mère et la fille. Lorsqu'il entendait la mère se plaindre de sa fille, il aggravait les torts de celle-ci, et irritait le ressentiment de l'autre. Si c'était la fille qui se plaignît de sa mère, il lui insinuait que la puissance des pères et des mères sur leurs enfants était limitée et que si la persécution de sa mère était poussée jusqu'à un certain point, il ne serait peut-être pas impossible de la soustraire à une autorité tyrannique. Puis il lui donnait pour pénitence de revenir à confesse.

« Une autre fois il lui parlait de ses charmes, mais lestement : c'était un des plus dangereux présents que Dieu pût faire à une femme ; de l'impression qu'en avait éprouvée un honnête homme qu'il ne nommait pas, mais qui n'était pas difficile à deviner. Il passait de là à la miséricorde infinie du Ciel et à son indulgence pour des fautes que certaines circonstances nécessitaient ; à la faiblesse de la nature, dont chacun trouve l'excuse en soi-même ; à la violence et à la généralité de certains penchants, dont les hommes les plus saints n'étaient pas exempts. Il lui demandait ensuite si elle n'avait point de désirs, si le tempérament[1] ne lui parlait pas en rêves, si la présence des hommes ne la troublait pas. Ensuite, il agitait la question si une femme devait céder ou résister à un homme passionné, et laisser mourir et damner celui pour qui le sang de Jésus-Christ a été versé, et il n'osait la décider. Puis il poussait de profonds soupirs, il levait les yeux au ciel, il priait pour la tranquillité des âmes en peine... La jeune fille le laissait aller. Sa mère et Mme de La Pommeraye, à qui elle rendait fidèlement les propos du directeur[2], lui suggéraient des confidences qui toutes tendaient à l'encourager.

JACQUES. — Votre Mme de La Pommeraye est une méchante femme.

LE MAÎTRE. — Jacques, c'est bientôt dit. Sa méchanceté, d'où lui vient-elle ? du marquis des Arcis. Rends celui-ci tel qu'il avait juré et qu'il devait être, et trouve-moi quelque défaut dans Mme de La Pommeraye. Quand nous serons en route, tu l'accuseras, et je me chargerai de la défendre. Pour ce prêtre, vil et séducteur, je te l'abandonne.

---

1. Le désir sexuel. **2.** Le confesseur est un directeur de conscience, à la manière jésuite, il pratique leur casuistique.

JACQUES. — C'est un si méchant homme, que je crois que de cette affaire-ci je n'irai plus à confesse. Et vous, notre hôtesse ?

L'HÔTESSE. — Pour moi je continuerai mes visites à mon vieux curé, qui n'est pas curieux, et qui n'entend que ce qu'on lui dit.

JACQUES. — Si nous buvions à la santé de votre curé ?

L'HÔTESSE. — Pour cette fois-ci je vous ferai raison ; car c'est un bon homme qui, les dimanches et jours de fête, laisse danser les filles et les garçons, et qui permet aux hommes et aux femmes de venir chez moi, pourvu qu'ils n'en sortent pas ivres. À mon curé !

JACQUES. — À votre curé.

L'HÔTESSE. — Nos femmes ne doutaient pas qu'incessamment l'homme de Dieu ne hasardât de remettre une lettre à sa pénitente, ce qui fut fait ; mais avec quel ménagement ! Il ne savait de qui elle était, il ne doutait point que ce ne fût de quelque âme bienfaisante et charitable qui avait découvert leur misère et qui leur proposait des secours ; il en remettait assez souvent de pareilles. "Au demeurant vous êtes sage, madame votre mère est prudente, et j'exige que vous ne l'ouvriez qu'en sa présence." Mlle Duquênoi accepta la lettre et la remit à sa mère, qui la fit passer sur-le-champ à Mme de La Pommeraye. Celle-ci, munie de ce papier, fit venir le prêtre, l'accabla des reproches qu'il méritait et le menaça de le déférer à ses supérieurs, si elle entendait encore parler de lui.

« Après avoir fait la leçon au prêtre, Mme de La Pommeraye appela le marquis chez elle, lui représenta combien sa conduite était peu digne d'un galant homme, jusqu'où elle pouvait être compromise, lui montra sa lettre et lui protesta que, malgré la tendre amitié qui les unissait, elle ne pouvait se dispenser de la produire au tribunal des lois ou de la remettre à Mme Duquênoi, s'il arrivait quelque aventure éclatante à sa fille. "Ah ! marquis, lui dit-elle, l'amour vous corrompt, vous êtes mal né, puisque le faiseur de grandes choses[1] ne vous en inspire que d'avilissantes. Et que vous ont fait ces pauvres femmes pour ajouter l'ignominie à la misère ? Faut-il que, parce que cette fille est belle, et veut rester vertueuse, vous en deveniez le persécuteur ? Est-ce à vous à lui faire détester un des plus beaux présents du Ciel ? Par où ai-je mérité, moi, d'être votre complice ? Allons, marquis, jetez-vous à mes pieds, demandez-moi pardon, et faites serment de laisser mes tristes amies en repos." Le marquis lui promit de ne plus rien entreprendre sans son aveu ; mais qu'il fallait qu'il eût cette fille à quelque prix que ce fût.

« Le marquis ne fut point du tout fidèle à sa parole. La mère était instruite, il ne balança pas à s'adresser à elle. Il avoua le crime de son projet, il offrit une somme considérable, des espérances que le temps pourrait amener, et sa lettre fut accompagnée d'un écrin de riches pierreries.

« Les trois femmes tinrent conseil. La mère et la fille inclinaient à accepter, mais ce n'était pas là le compte de Mme de La Pommeraye. Elle revint sur la parole qu'on lui avait donnée, elle menaça de tout révéler, et au grand regret de nos deux dévotes dont la jeune détacha de ses oreilles des girandoles[2] qui lui allaient si bien, l'écrin et la lettre furent renvoyés avec une réponse pleine de fierté et d'indignation.

« Mme de La Pommeraye se plaignit au marquis du peu de fond qu'il y avait à faire sur ses promesses. Le

---

1. Dieu, le Créateur. Mme de La Pommeraye affecte de parler en dévote. 2. Des pendants d'oreilles.

marquis s'excusa sur l'impossibilité de lui proposer une commission si indécente. "Marquis, marquis, lui dit Mme de La Pommeraye, je vous ai déjà prévenu et je vous le répète, vous n'en êtes pas où vous voudriez ; mais il n'est plus temps de vous prêcher, ce seraient paroles perdues : il n'y a plus de ressource."

« Le marquis avoua qu'il le pensait comme elle, et lui demanda la permission de faire une dernière tentative, c'était d'assurer des rentes considérables sur les deux têtes, de partager sa fortune avec les deux femmes, et de les rendre propriétaires à vie d'une de ses maisons à la ville, et d'une autre à la campagne. "Faites, lui dit la marquise ; je n'interdis que la violence ; mais croyez, mon ami, que l'honneur et la vertu, quand elle est vraie, n'ont point de prix aux yeux de ceux qui ont le bonheur de les posséder. Vos nouvelles offres ne réussiront pas mieux que les précédentes : je connais ces femmes et j'en ferais la gageure[1]."

« Les nouvelles propositions sont faites. Autre conciliabule des trois femmes. La mère et la fille attendaient en silence la décision de Mme de La Pommeraye. Celle-ci se promena un moment sans parler. "Non, non, dit-elle, cela ne suffit pas à mon cœur ulcéré." Et aussitôt elle prononça le refus ; et aussitôt ces deux femmes fondirent en larmes, se jetèrent à ses pieds, et lui représentèrent combien il était affreux pour elles de repousser une fortune immense qu'elles pouvaient accepter sans aucune fâcheuse conséquence. Mme de La Pommeraye leur répondit sèchement : "Est-ce que vous imaginez que ce que je fais, je le fais pour vous ? Qui êtes-vous ? Que vous dois-je ? À quoi tient-il que je ne vous renvoie l'une et l'autre à votre

1. Le pari.

tripot ? Si ce que l'on vous offre est trop pour vous, c'est trop peu pour moi. Écrivez, madame, la réponse que je vais vous dicter, et qu'elle parte sous mes yeux." Ces femmes s'en retournèrent encore plus effrayées qu'affligées.

JACQUES. — Cette femme a le diable au corps, et que veut-elle donc ? Quoi ! un refroidissement d'amour n'est pas assez puni par le sacrifice de la moitié d'une grande fortune ?

LE MAÎTRE. — Jacques, vous n'avez jamais été femme, encore moins honnête femme, et vous jugez d'après votre caractère qui n'est pas celui de Mme de La Pommeraye ! Veux-tu que je te dise ? J'ai bien peur que le mariage du marquis des Arcis et d'une catin ne soit écrit là-haut.

JACQUES. — S'il est écrit là-haut, il se fera.

L'HÔTESSE. — Le marquis ne tarda pas à reparaître chez Mme de La Pommeraye. "Eh bien, lui dit-elle, vos nouvelles offres ?

LE MARQUIS. — Faites et rejetées. J'en suis désespéré. Je voudrais arracher cette malheureuse passion de mon cœur, je voudrais m'arracher le cœur et je ne saurais. Marquise, regardez-moi ; ne trouvez-vous pas qu'il y a entre cette jeune fille et moi quelques traits de ressemblance ?

MADAME DE LA POMMERAYE. — Je ne vous en avais rien dit, mais je m'en étais aperçue. Il ne s'agit pas de cela : que résolvez-vous ?

LE MARQUIS. — Je ne puis me résoudre à rien. Il me prend des envies de me jeter dans une chaise de poste, et de courir tant que terre me portera ; un moment après la force m'abandonne, je suis comme anéanti, ma tête s'embarrasse : je deviens stupide, et ne sais que devenir.

MADAME DE LA POMMERAYE. — Je ne vous conseille pas de voyager ; ce n'est pas la peine d'aller jusqu'à Villejuif pour revenir."

« Le lendemain, le marquis écrivit à la marquise qu'il partait pour sa campagne, qu'il y resterait tant qu'il pourrait, et qu'il la suppliait de le servir auprès de ses amies si l'occasion s'en présentait. Son absence fut courte : il revint avec la résolution d'épouser.

JACQUES. — Ce pauvre marquis me fait pitié.

LE MAÎTRE. — Pas trop à moi.

L'HÔTESSE. — Il descendit à la porte de Mme de La Pommeraye. Elle était sortie. En rentrant elle trouva le marquis étendu dans un fauteuil, les yeux fermés, et absorbé dans la plus profonde rêverie. "Ah ! marquis, vous voilà ! la campagne n'a pas eu de longs charmes pour vous.

— Non, lui répondit-il, je ne suis bien nulle part, et j'arrive déterminé à la plus haute sottise qu'un homme de mon état, de mon âge et de mon caractère puisse faire. Mais il vaut mieux épouser que de souffrir. J'épouse.

MADAME DE LA POMMERAYE. — Marquis, l'affaire est grave, et demande de la réflexion.

LE MARQUIS. — Je n'en ai fait qu'une, mais elle est solide : c'est que je ne puis jamais être plus malheureux que je le suis.

MADAME DE LA POMMERAYE. — Vous pourriez vous tromper."

JACQUES. — La traîtresse !

LE MARQUIS. — "Voici donc enfin, mon amie, une négociation dont je puis, ce me semble, vous charger honnêtement. Voyez la mère et la fille ; interrogez la mère, sondez le cœur de la fille, et dites-leur mon dessein.

MADAME DE LA POMMERAYE. — Tout doucement, marquis. J'ai cru les connaître assez pour ce que j'en avais à faire, mais à présent qu'il s'agit du bonheur de mon ami, il me permettra d'y regarder de plus près. Je m'informerai dans leur province, et je vous promets de les suivre pas à pas pendant toute la durée de leur séjour à Paris.

LE MARQUIS. — Ces précautions me semblent assez superflues. Des femmes dans la misère, qui résistent aux appâts que je leur ai tendus, ne peuvent être que les créatures les plus rares. Avec mes offres, je serais venu à bout d'une duchesse. D'ailleurs, ne m'avez-vous pas dit vous-même…

MADAME DE LA POMMERAYE. — Oui, j'ai dit tout ce qu'il vous plaira, mais avec tout cela, permettez que je me satisfasse."

JACQUES. — La chienne ! la coquine ! l'enragée ! Et pourquoi aussi s'attacher à une pareille femme ?

LE MAÎTRE. — Et pourquoi aussi la séduire et s'en détacher ?

L'HÔTESSE. — Pourquoi cesser de l'aimer sans rime ni raison ?

JACQUES, *montrant le ciel du doigt.* — Ah ! mon maître !

LE MARQUIS. — "Pourquoi, marquise, ne vous mariez-vous pas aussi ?

MADAME DE LA POMMERAYE. — À qui, s'il vous plaît ?

LE MARQUIS. — Au petit comte ; il a de l'esprit, de la naissance, de la fortune.

MADAME DE LA POMMERAYE. — Et qui est-ce qui me répondra de sa fidélité ? C'est vous peut-être ?

LE MARQUIS. — Non ; mais il me semble qu'on se passe aisément de la fidélité d'un mari.

MADAME DE LA POMMERAYE. — D'accord, mais si le mien m'était infidèle, je serais peut-être assez bizarre pour m'en offenser, et je suis vindicative.

LE MARQUIS. — Eh bien ! vous vous vengeriez, cela s'en va sans dire. C'est que nous prendrions un hôtel commun, et que nous formerions tous quatre la plus agréable société.

MADAME DE LA POMMERAYE. — Tout cela est fort beau mais je ne me marie pas. Le seul homme que j'aurais peut-être été tentée d'épouser…

LE MARQUIS. — C'est moi ?

MADAME DE LA POMMERAYE. — Je puis vous l'avouer à présent sans conséquence.

LE MARQUIS. — Et pourquoi ne me l'avoir pas dit ?

MADAME DE LA POMMERAYE. — Par l'événement[1], j'ai bien fait. Celle que vous allez avoir vous convient de tout point mieux que moi."

L'HÔTESSE. — Mme de La Pommeraye mit à ses informations toute l'exactitude et la célérité qu'elle voulut. Elle produisit au marquis les attestations les plus flatteuses ; il y en avait de Paris, il y en avait de la province. Elle exigea du marquis encore une quinzaine, afin qu'il s'examinât derechef[2]. Cette quinzaine lui parut éternelle ; enfin la marquise fut obligée de céder à ses instances et à ses prières. La première entrevue se fit chez ses amies ; on y convient de tout, les bans se publient ; le contrat se passe, le marquis fait présent à Mme de La Pommeraye d'un superbe diamant, et le mariage est consommé.

JACQUES. — Quelle trame et quelle vengeance !

LE MAÎTRE. — Elle est incompréhensible.

JACQUES. — Délivrez-moi du souci de la première

---

1. Vu ce qui est arrivé (le marquis a cessé de l'aimer). 2. De nouveau.

nuit des noces, et jusqu'à présent je n'y vois pas un grand mal.

LE MAÎTRE. — Tais-toi, nigaud.

L'HÔTESSE. — La nuit des noces se passa fort bien[1].

JACQUES. — Je croyais…

L'HÔTESSE. — Croyez à ce que votre maître vient de vous dire… »

Et en parlant ainsi elle souriait, et en souriant, elle passait sa main sur le visage de Jacques, et lui serrait le nez[2]…

« Mais ce fut le lendemain…

JACQUES. — Le lendemain ne fut-ce pas comme la veille ?

L'HÔTESSE. — Pas tout à fait. Le lendemain, Mme de La Pommeraye écrivit au marquis un billet qui l'invitait à se rendre chez elle au plus tôt, pour affaire importante. Le marquis ne se fit pas attendre.

« On le reçut avec un visage où l'indignation se peignait dans toute sa force ; le discours qu'on lui tint ne fut pas long, le voici : “Marquis, lui dit-elle, apprenez à me connaître. Si les autres femmes s'estimaient assez pour éprouver mon ressentiment, vos semblables seraient moins communs. Vous aviez acquis une honnête

---

1. Dans cette phrase, absente de certaines éditions, l'hôtesse se moque de Jacques, qui fait ici figure de *nigaud.* 2. Le geste de moquerie de l'hôtesse et sa complicité avec le maître suggèrent qu'il existait des moyens secrets mais efficaces pour tromper un mari ou à un amant (fût-ce un libertin comme le marquis). C'est ce que découvre un des Persans de Montesquieu : « À Paris, mon cher Rhédi, il y a bien des métiers. […] Des femmes adroites font de la virginité une fleur qui fleurit et renaît tous les jours, et se cueille la centième fois plus douloureusement que la première » (*Lettres persanes*, 58). Venant du monde de la prostitution, qui savait le prix de la virginité et en faisait commerce, les d'Aisnon ne pouvaient ignorer le *métier* qu'exerçaient discrètement certaines matrones.

femme que vous n'avez pas su conserver ; cette femme, c'est moi ; elle s'est vengée en vous en faisant épouser une digne de vous. Sortez de chez moi, et allez-vous-en rue Traversière, à l'hôtel de Hambourg, où l'on vous apprendra le sale métier que votre femme et votre belle-mère ont exercé pendant dix ans sous le nom de d'Aisnon."

« La surprise et la consternation de ce pauvre marquis ne peuvent se rendre. Il ne savait qu'en penser, mais son incertitude ne dura que le temps d'aller d'un bout de la ville à l'autre. Il ne rentra point chez lui de tout le jour, il erra dans les rues. Sa belle-mère et sa femme eurent quelque soupçon de ce qui s'était passé. Au premier coup de marteau, la belle-mère se sauva dans son appartement et s'y enferma à la clef ; sa femme l'attendit seule. À l'approche de son époux, elle lut sur son visage la fureur qui le possédait. Elle se jeta à ses pieds, la face collée contre le parquet sans mot dire. "Retirez-vous, lui dit-il, infâme ! loin de moi…" Elle voulut se relever mais elle retomba sur son visage, les bras étendus à terre entre les pieds du marquis. "Monsieur, lui dit-elle, foulez-moi aux pieds, écrasez-moi, car je l'ai mérité, faites de moi tout ce qu'il vous plaira ; mais épargnez ma mère.

— Retirez-vous, reprit le marquis ; retirez-vous ! c'est assez de l'infamie dont vous m'avez couvert, épargnez-moi un crime."

« La pauvre créature resta dans l'attitude où elle était et ne lui répondit rien. Le marquis était assis dans un fauteuil, sa tête enveloppée de ses bras, et le corps à demi penché sur les pieds de son lit, hurlant par intervalles, sans la regarder : "Retirez-vous !…" Le silence et l'immobilité de la malheureuse le surprirent ; il lui répéta d'une voix plus forte encore : "Qu'on se retire !… est-ce que vous ne m'entendez pas ?…"

Ensuite il se baissa, la poussa durement, et reconnaissant qu'elle était sans sentiment et presque sans vie, il la prit par le milieu du corps, l'étendit sur un canapé, attacha un moment sur elle des regards où se peignaient alternativement la commisération et le courroux. Il sonna, des valets entrèrent ; on appela ses femmes, à qui il dit : "Prenez votre maîtresse qui se trouve mal ; portez-la dans son appartement, et secourez-la…" Peu d'instants après il envoya secrètement savoir de ses nouvelles. On lui dit qu'elle était revenue de son premier évanouissement, mais que, les défaillances se succédant rapidement, elles étaient si fréquentes et si longues qu'on ne pouvait lui répondre de rien. Une ou deux heures après il renvoya secrètement savoir de son état. On lui dit qu'elle suffoquait, et qu'il lui était survenu une espèce de hoquet qui se faisait entendre jusque dans les cours. À la troisième fois, c'était sur le matin, on lui rapporta qu'elle avait beaucoup pleuré, que le hoquet s'était calmé, et qu'elle paraissait s'assoupir.

« Le jour suivant, le marquis fit mettre ses chevaux à sa chaise[1] et disparut pendant quinze jours, sans qu'on sût ce qu'il était devenu. Cependant, avant que de s'éloigner, il avait pourvu à tout ce qui était nécessaire à la mère et à la fille, avec ordre d'obéir à Madame comme à lui-même.

« Pendant cet intervalle, ces deux femmes restèrent l'une en présence de l'autre, sans presque se parler, la fille sanglotant, poussant quelquefois des cris, s'arrachant les cheveux, se tordant les bras, sans que sa mère osât s'approcher d'elle et la consoler. L'une montrait la figure du désespoir, l'autre la figure de l'endurcissement.

1. Voiture de voyage à deux ou quatre roues.

La fille vingt fois dit à sa mère : “Maman, sortons d’ici, sauvons-nous.” Autant de fois la mère s’y opposa, et lui répondit : “Non, ma fille, il faut rester, il faut voir ce que cela deviendra : cet homme ne nous tuera pas… — Eh ! plût à Dieu, lui répondait sa fille, qu’il l’eût déjà fait !…” Sa mère lui répliquait : “Vous feriez mieux de vous taire que de parler comme une sotte.”

« À son retour, le marquis s’enferma dans son cabinet, et écrivit deux lettres, l’une à sa femme, l’autre à sa belle-mère. Celle-ci partit dans la même journée et se rendit au couvent des Carmélites de la ville prochaine, où elle est morte il y a quelques jours. Sa fille s’habilla, et se traîna dans l’appartement de son mari où il lui avait apparemment enjoint de venir. Dès la porte, elle se jeta à genoux. “Levez-vous”, lui dit le marquis…

« Au lieu de se lever, elle s’avança vers lui sur ses genoux, elle tremblait de tous ses membres, elle était échevelée, elle avait le corps un peu penché, les bras portés de son côté, la tête relevée, le regard attaché sur ses yeux et le visage inondé de pleurs. “Il me semble”, lui dit-elle, un sanglot séparant chacun de ses mots, “que votre cœur justement irrité s’est radouci, et que peut-être avec le temps j’obtiendrai miséricorde. Monsieur, de grâce, ne vous hâtez pas de me pardonner. Tant de filles honnêtes sont devenues de malhonnêtes femmes, que peut-être serai-je un exemple contraire. Je ne suis pas encore digne que vous vous rapprochiez de moi ; attendez, laissez-moi seulement l’espoir du pardon. Tenez-moi loin de vous, vous verrez ma conduite, vous la jugerez ; trop heureuse mille fois, trop heureuse si vous daignez quelquefois m’appeler ! Marquez-moi le recoin obscur de votre maison où vous permettez que j’habite, j’y resterai sans murmure. Ah ! si je pouvais m’arracher le nom et le titre qu’on m’a fait usurper et mourir après, à l'instant vous seriez satisfait ! Je me suis laissé conduire par faiblesse, par séduction, par autorité, par menaces, à une action infâme, mais ne croyez pas, monsieur, que je sois méchante : je ne le suis pas, puisque je n'ai pas balancé à paraître devant vous quand vous m'avez appelée et que j'ose à présent lever les yeux sur vous et vous parler. Ah ! si vous pouviez lire au fond de mon cœur, et voir combien mes fautes passées sont loin de moi ; combien les mœurs de mes pareilles me sont étrangères ! La corruption s'est posée sur moi ; mais elle ne s'y est point attachée. Je me connais, et une justice que je me rends, c'est que par mes goûts, par mes sentiments, par mon caractère, j'étais née digne de vous appartenir. Ah ! s'il m'eût été libre de vous voir, il n'y avait qu'un mot à dire, et je crois que j'en aurais eu le courage. Monsieur, disposez de moi comme il vous plaira ; faites entrer vos gens, qu'ils me dépouillent, qu'ils me jettent la nuit dans la rue, je souscris à tout. Quel que soit le sort que vous me préparez, je m'y soumets ; le fond d'une campagne, l'obscurité d'un cloître peut me dérober pour jamais à vos yeux, parlez, et j'y vais. Votre bonheur n'est point perdu sans ressource, et vous pourrez m'oublier…

— Levez-vous, lui dit doucement le marquis, je vous ai pardonné, au moment même de l'injure j'ai respecté ma femme en vous, il n'est pas sorti de ma bouche une parole qui l'ait humiliée, ou du moins je m'en repens, et je proteste qu'elle n'en entendra plus aucune qui l'humilie, si elle se souvient qu'on ne peut rendre un époux malheureux sans le devenir. Soyez honnête, soyez heureuse et faites que je le sois. Levez-vous, je vous en prie, ma femme, levez-vous et embrassez-moi ; madame la marquise, levez-vous, vous n'êtes pas à votre place ; madame des Arcis, levez-vous…"

« Pendant qu'il parlait ainsi, elle était restée le visage caché dans ses mains et la tête appuyée sur les genoux du marquis ; mais au mot de "ma femme", au mot de "madame des Arcis", elle se leva brusquement, et se précipita sur le marquis ; elle le tenait embrassé, à moitié suffoquée par la douleur et par la joie, puis elle se séparait de lui, se jetait à terre et lui baisait les pieds.

"Ah ! lui disait le marquis, je vous ai pardonné ; je vous l'ai dit, et je vois que vous n'en croyez rien.

— Il faut, lui répondait-elle, que cela soit, et que je ne le croie jamais."

« Le marquis ajoutait : "En vérité, je crois que je ne me repens de rien, et que cette Pommeraye, au lieu de se venger, m'aura rendu un grand service. Ma femme, allez vous habiller tandis qu'on s'occupera à faire vos malles. Nous partons pour ma terre, où nous resterons jusqu'à ce que nous puissions reparaître ici sans conséquence pour vous et pour moi..."

« Ils passèrent presque trois ans de suite absents de la capitale.

JACQUES. — Et je gagerais bien que ces trois ans s'écoulèrent comme un jour, et que le marquis des Arcis fut un des meilleurs maris et eut une des meilleures femmes qu'il y eût au monde.

LE MAÎTRE. — Je serais de moitié[1], mais en vérité je ne sais pourquoi, car je n'ai point été satisfait de cette fille pendant tout le cours des menées de la dame de La Pommeraye et de sa mère. Pas un instant de crainte, pas le moindre signe d'incertitude, pas un remords ; je l'ai vue se prêter sans répugnance à cette longue horreur. Tout ce qu'on a voulu d'elle, elle n'a

---

1. J'approuverais.

jamais hésité à le faire ; elle va à confesse, elle communie, elle joue[1] la religion et ses ministres. Elle m'a semblé aussi fausse, aussi méprisable, aussi méchante que les deux autres… Notre hôtesse, vous narrez assez bien ; mais vous n'êtes pas encore profonde dans l'art dramatique. Si vous vouliez que cette jeune fille intéressât, il fallait lui donner de la franchise et nous la montrer victime innocente et forcée de sa mère et de La Pommeraye, il fallait que les traitements les plus cruels l'entraînassent, malgré qu'elle en eût, à concourir à une suite de forfaits continus pendant une année ; il fallait préparer ainsi le raccommodement de cette femme avec son mari. Quand on introduit un personnage sur la scène, il faut que son rôle soit un ; or je vous demanderai, notre charmante hôtesse, si la fille qui complote avec deux scélérates est bien la femme suppliante que nous avons vue aux pieds de son mari ? Vous avez péché contre les règles d'Aristote, d'Horace, de Vida et de Le Bossu[2].

L'HÔTESSE. — Je ne connais ni bossu ni droit, je vous ai dit la chose comme elle s'est passée, sans en rien omettre, sans y rien ajouter[F]. Et qui sait ce qui se passait au fond du cœur de cette jeune fille, et si, dans les moments où elle nous paraissait agir le plus lestement, elle n'était pas secrètement dévorée de chagrin ?

JACQUES. — Notre hôtesse, pour cette fois, il faut que je sois de l'avis de mon maître qui me le

---

1. Se moque (se joue de). **2.** L'énumération rappelle le titre d'un ouvrage de l'abbé Batteux, *Quatre poétiques d'Aristote, d'Horace, de Vida et de Despréaux* (1771). Diderot a sans doute substitué à Despréaux (Boileau) le père Le Bossu (auteur d'un *Traité du poème épique* en 1675) pour pouvoir tourner en dérision, avec le jeu de mots sur son nom, ces théoriciens classiques dont il ne partage pas les idées.

pardonnera, car cela m'arrive si rarement ; de son Bossu, que je ne connais point ; et de ces autres messieurs qu'il a cités, et que je ne connais pas davantage. Si Mlle Duquênoi, ci-devant la d'Aisnon, avait été une jolie enfant[1], il y aurait paru.

L'HÔTESSE. — Jolie enfant ou non, tant y a que c'est une excellente femme ; que son mari est avec elle content comme un roi, et qu'il ne la troquerait pas contre une autre.

LE MAÎTRE. — Je l'en félicite, il a été plus heureux[2] que sage.

L'HÔTESSE. — Et moi, je vous souhaite une bonne nuit. Il est tard, et il faut que je sois la dernière couchée et la première levée. Quel maudit métier ! Bonsoir, messieurs, bonsoir. Je vous avais promis, je ne sais plus à propos de quoi, l'histoire d'un mariage saugrenu, et je crois vous avoir tenu parole. Monsieur Jacques, je crois que vous n'aurez pas de peine à vous endormir, car vos yeux sont plus qu'à demi fermés. Bonsoir, monsieur Jacques.

LE MAÎTRE. — Eh bien, notre hôtesse, il n'y a donc pas moyen de savoir vos aventures ?

L'HÔTESSE. — Non.

JACQUES. — Vous avez un furieux goût pour les contes !

LE MAÎTRE. — Il est vrai ; ils m'instruisent et m'amusent. Un bon conteur est un homme rare.

JACQUES. — Et voilà tout juste pourquoi je n'aime pas les contes, à moins que je ne les fasse.

LE MAÎTRE. — Tu aimes mieux parler mal que te taire.

JACQUES. — Il est vrai.

---

1. Une jeune fille aimable, gentille, et non une « scélérate » comme sa mère. 2. Chanceux.

LE MAÎTRE. — Et moi, j'aime mieux entendre mal parler que de ne rien entendre.

JACQUES. — Cela nous met tous deux fort à notre aise. »

Je ne sais où l'hôtesse, Jacques et son maître avaient mis leur esprit, pour n'avoir pas trouvé une seule fois des choses qu'il y avait à dire en faveur de Mlle Duquênoi. Est-ce que cette fille comprit rien aux artifices de la dame de La Pommeraye, avant le dénouement ? Est-ce qu'elle n'aurait pas mieux aimé accepter les offres que la main du marquis, et l'avoir pour amant que pour époux ? Est-ce qu'elle n'était pas continuellement sous les menaces et le despotisme de la marquise ? Peut-on la blâmer de son horrible aversion pour un état infâme ? et si l'on prend le parti de l'en estimer davantage, peut-on exiger d'elle bien de la délicatesse, bien du scrupule dans le choix des moyens de s'en tirer ?

Et vous croyez, lecteur, que l'apologie de Mme de La Pommeraye est plus difficile à faire ? Il vous aurait été peut-être plus agréable d'entendre là-dessus Jacques et son maître ; mais ils avaient à parler de tant d'autres choses plus intéressantes, qu'ils auraient vraisemblablement négligé celle-ci. Permettez donc que je m'en occupe un moment.

Vous entrez en fureur au nom de Mme de La Pommeraye, et vous vous écriez : « Ah ! la femme horrible ! ah ! l'hypocrite ! ah ! la scélérate !... » Point d'exclamation, point de courroux, point de partialité : raisonnons. Il se fait tous les jours des actions plus noires, sans aucun génie. Vous pouvez haïr, vous pouvez redouter Mme de La Pommeraye, mais vous ne la mépriserez pas. Sa vengeance est atroce, mais elle n'est souillée d'aucun motif d'intérêt. On ne vous a pas dit qu'elle avait jeté au nez du marquis le beau diamant dont il lui avait fait présent, mais elle le fit, je le sais par les voies les plus sûres. Il ne s'agit ni d'augmenter sa fortune, ni d'acquérir quelques titres d'honneur. Quoi, si cette femme en avait fait autant pour obtenir à un mari la récompense de ses services, si elle s'était prostituée à un ministre ou même à un premier commis[1] pour un cordon[2] ou pour une colonelle[3], au dépositaire de la feuille des Bénéfices[4] pour une riche abbaye, cela vous paraîtrait tout simple, l'usage serait pour vous ; et lorsqu'elle se venge d'une perfidie, vous vous révoltez contre elle au lieu de voir que son ressentiment ne vous indigne que parce que vous êtes incapable d'en éprouver un aussi profond, ou que vous ne faites presque aucun cas de la vertu des femmes. Avez-vous un peu réfléchi sur les sacrifices que Mme de La Pommeraye avait faits au marquis ? Je ne vous dirai pas que sa bourse lui avait été ouverte en toute occasion, et que pendant plusieurs années il n'avait eu d'autre maison, d'autre table que la sienne, cela vous ferait hocher de la tête ; mais elle s'était assujettie à toutes ses fantaisies, à tous ses goûts, pour lui plaire elle avait renversé le plan de sa vie. Elle jouissait de la plus haute considération dans le monde par la pureté de ses mœurs, et elle s'était rabaissée sur la ligne commune. On dit d'elle, lorsqu'elle eut agréé l'hommage du marquis des Arcis : « Enfin cette merveilleuse Mme de La Pommeraye s'est donc faite

---

1. Équivalent de l'actuel chef de cabinet d'un ministre. 2. Insigne d'un ordre de chevalerie (comme l'ordre du Saint-Esprit, l'ordre de Saint-Louis). 3. Première compagnie d'un régiment d'infanterie (commandée par un colonel). 4. Liste des offices ecclésiastiques (abbayes, prieurés) auxquels était attaché un revenu. Un prélat procédait aux attributions de ces *bénéfices* convoités au nom du roi.

comme une d'entre nous… » Elle avait remarqué autour d'elle les souris ironiques ; elle avait entendu les plaisanteries, et souvent elle en avait rougi et baissé les yeux ; elle avait avalé tout le calice de l'amertume préparé aux femmes dont la conduite réglée a fait trop longtemps la satire des mauvaises mœurs de celles qui les entourent ; elle avait supporté tout l'éclat scandaleux par lequel on se venge des imprudentes bégueules qui affichent de l'honnêteté. Elle était vaine, et elle serait morte de douleur plutôt que de promener dans le monde, après la honte de la vertu abandonnée, le ridicule d'une délaissée. Elle touchait au moment où la perte d'un amant ne se répare plus. Tel était son caractère, que cet événement la condamnait à l'ennui et à la solitude. Un homme en poignarde un autre pour un geste, pour un démenti[1], et il ne sera pas permis à une honnête femme perdue, déshonorée, trahie, de jeter le traître entre les bras d'une courtisane[2] ? Ah ! lecteur, vous êtes bien léger dans vos éloges et bien sévère dans votre blâme. Mais, me direz-vous, c'est plus encore la manière que la chose que je reproche à la marquise. Je ne me fais pas à un ressentiment d'une si longue tenue, à un tissu de fourberies, de mensonges qui dure près d'un an. Ni moi non plus, ni Jacques, ni son maître, ni l'hôtesse. Mais vous pardonnez tout à un premier mouvement et je vous dirai que, si le premier mouvement des autres est court, celui de Mme de La Pommeraye et des femmes de son caractère est long. Leur âme reste quelquefois toute leur vie comme au premier moment de l'injure ; et quel inconvénient, quelle injustice y a-t-il à cela ? Je n'y vois que des

1. Accusation de mensonge (« Vous en avez menti ») qu'un gentilhomme adressait à un autre ; elle constituait une injure ne pouvant être lavée que par un duel. 2. Prostituée de luxe.

trahisons moins communes, et j'approuverais fort une loi qui condamnerait aux courtisanes celui qui aurait séduit et abandonné une honnête femme : l'homme commun aux femmes communes[1].

1. Le jeu de mots termine cette nouvelle par une pointe spirituelle frappée comme une maxime. L'apologie qui précède montre l'intérêt de Diderot pour les personnalités exceptionnelles.

COMMENTAIRES

A. « Fatalisme » et liberté

(« On ne sait jamais ce que le ciel veut ou ne veut pas », p. 54)

La philosophie matérialiste de Diderot met en question le libre arbitre : toute action que l'homme croit accomplir librement est en fait une réaction nécessaire à une action antérieure, « nous prenons à tout moment la *volonté* pour la liberté » (*Encyclopédie*, article « Volonté »). « Est-ce qu'on veut, de soi ? La volonté naît toujours de quelque motif intérieur ou extérieur, de quelque impression présente, de quelque réminiscence du passé, de quelque passion, de quelque projet dans l'avenir. Après cela je ne vous dirai de la liberté qu'un mot, c'est que la dernière de nos actions est l'effet nécessaire d'une cause une : nous, très compliquée, mais une » (*Le Rêve de d'Alembert*).

Diderot reconnaît qu'il n'est pas aisé de mettre ses actes et ses paroles en conformité avec un tel système : « On est fataliste, et à chaque instant on pense, on parle, on écrit comme si l'on persévérait dans le préjugé de la liberté, préjugé dont on a été bercé, qui a institué la langue vulgaire qu'on a balbutiée et dont on continue de se servir, sans s'apercevoir qu'elle ne convient plus à nos opinions. On est devenu philosophe dans ses systèmes et l'on reste peuple dans son propos » (*Réfutation d'Helvétius*). « J'enrage d'être empêtré d'une diable de philosophie que mon esprit ne peut s'empêcher d'approuver et mon cœur de démentir » (lettre à Mme de Meaux, septembre 1769). C'est bien l'attitude de Jacques le Fataliste, qui présente une version plaisante, romanesque du déterminisme de Diderot et dont les actes, dans le roman, démentent la théorie : « Je pense d'une façon, et je ne saurais m'empêcher de faire d'une autre » (*JLF*, p. 140).

Une difficulté majeure vient du fait que la négation de la liberté métaphysique remet en question le jugement moral : si l'on n'est pas libre, peut-on se voir reprocher un vice ? Diderot répond par la négative : « L'usage a mis de la différence entre un *défaut* et un *vice* ; tout *vice* est *défaut*, mais tout *défaut* n'est pas *vice*. On suppose à l'homme qui a un *vice*, une liberté qui le rend coupable à nos yeux ; le défaut tombe communément sur le compte de la nature ; on excuse l'homme, on accuse la nature. Lorsque la philosophie discute ces distinctions avec une exactitude bien scrupuleuse, elle les trouve souvent vides de sens. Un homme est-il plus maître d'être pusillanime, voluptueux, colère[1] en un mot, que louche[2], bossu ou boiteux ? Plus on accorde à l'organisation, à l'éducation, aux mœurs nationales, au climat, aux circonstances qui ont disposé de notre vie, depuis l'instant où nous sommes tombés du sein de la nature jusqu'à celui où nous existons, moins on est vain des bonnes qualités qu'on possède, et qu'on se doit si peu à soi-même, plus on est indulgent pour les défauts et les *vices* des autres ; plus on est circonspect dans l'emploi des mots vicieux et vertueux, qu'on ne prononce jamais sans amour ou sans haine, plus on a de penchant à leur substituer ceux de malheureusement et d'heureusement nés, qu'un sentiment de commisération accompagne toujours. Vous avez pitié d'un aveugle ; et qu'est-ce qu'un méchant, sinon un homme qui a la vue courte, et qui ne voit pas au-delà du moment où il agit ? » (*Encyclopédie*, article « Vice »).

1. Coléreux. 2. Atteint de strabisme.

Il faut donc trouver d'autres critères pour apprécier les « actions particulières » : « Regardez-y de près, et vous verrez que le mot liberté est un mot vide de sens ; qu'il n'y a point et qu'il ne peut y avoir d'êtres libres ; que nous ne sommes que ce qui convient à l'ordre général, à l'organisation, à l'éducation et à la chaîne des événements. Voilà ce qui dispose de nous invinciblement. On ne conçoit non plus qu'un être agisse sans motif, qu'un des bras d'une balance agisse sans l'action d'un poids, et le motif nous est toujours extérieur, étranger, attaché ou par une nature ou par une cause quelconque, qui n'est pas nous. Ce qui nous trompe, c'est la prodigieuse variété de nos actions, jointe à l'habitude que nous avons prise tout en naissant de confondre le volontaire avec le libre. Nous avons tant loué, tant repris, nous l'avons été tant de fois, que c'est un préjugé bien vieux que celui de croire que nous et les autres voulons, agissons librement. Mais s'il n'y a point de liberté, il n'y a point d'action qui mérite la louange ou le blâme ; il n'y a ni vice ni vertu, rien dont il faille récompenser ou châtier. Qu'est-ce qui distingue donc les hommes ? la bienfaisance et la malfaisance. Le malfaisant est un homme qu'il faut détruire et non punir ; la bienfaisance est une bonne fortune, et non une vertu. Mais quoique l'homme bien ou malfaisant ne soit pas libre, l'homme n'en est pas moins un être qu'on modifie ; c'est par cette raison qu'il faut détruire le malfaisant sur une place publique. De là les bons effets de l'exemple, des discours, de l'éducation, du plaisir, de la douleur, des grandeurs, de la misère, etc. ; de là une sorte de philosophie pleine de commisération, qui attache fortement aux bons, qui n'irrite non plus contre le méchant que contre un ouragan qui nous remplit les yeux de poussière. Il n'y a qu'une sorte de causes, à proprement parler : ce sont les causes physiques. Il n'y a qu'une sorte de nécessité : c'est la même pour tous les êtres, quelque distinction qu'il nous plaise d'établir entre eux, ou qui y soit réellement » (*Lettre à M. Landois sur la liberté et la nécessité*).

B. Des personnages exceptionnels
(« de bien méchantes femmes », p. 57)

Rigoureusement déterminée mais imprévisible, la vie humaine enchaîne le bien et le mal, et souvent dans une même personne : « Nos qualités, certaines du moins, tiennent de près à nos défauts. La plupart des honnêtes femmes ont de l'humeur ; les grands artistes ont un petit coup de hache à la tête ; presque toutes les femmes galantes sont généreuses ; les dévotes, les bonnes même, ne sont pas ennemies de la médisance. Il est difficile à un maître qui sent qu'il fait le bien, de n'être pas un peu despote. Je hais toutes ces petites bassesses qui ne montrent qu'une âme abjecte ; mais je ne hais pas les grands crimes : premièrement, parce qu'on en fait de beaux tableaux et de belles tragédies ; et puis, c'est que les grandes et sublimes actions et les grands crimes portent le même caractère d'énergie. Si un homme n'était pas capable d'incendier une ville, un autre homme ne serait pas capable de se précipiter dans un gouffre pour la sauver. Si l'âme de César n'eût pas été possible, celle de Caton ne l'aurait pas été davantage » (*Salon de 1765*).

Diderot s'intéresse aux personnalités extraordinaires, originales, qui, par leur « génie », s'élèvent au-dessus des honnêtes gens : « Selon moi, un *original* est un être bizarre qui tient sa façon singulière de voir, de sentir et de s'exprimer de son caractère » (*Réfutation d'Helvétius*). Mme de La Carlière est « bizarre jusqu'au bout » (p. 44) : elle meurt à l'église en recevant la communion ; Mme de La Pommeraye, présentée aussi comme « assez bizarre » (p. 61), se dit elle-même « assez bizarre pour [s']offenser » d'une infidélité (p. 109). De manière inattendue, le marquis des Arcis se hausse au-dessus du niveau de *l'homme commun* qu'il était jusque-là quand son amour pour Mlle Duquênoi le conduit à lui pardonner de l'avoir horriblement trompé. Ces personnages sont animés par une forme de passion qui les grandit aux yeux de Diderot : « Tout ce que la passion inspire, je le pardonne. Il n'y a que les conséquences qui me choquent. Et puis, vous le savez, j'ai de tout temps été l'apologiste des passions fortes ; elles seules m'émeuvent. Qu'elles m'inspirent de l'admiration ou de l'effroi, je sens fortement. Les arts de génie naissent et s'éteignent avec elles ; ce sont elles qui font le scélérat, et l'enthousiaste qui le peint de ses vraies couleurs. Si les actions atroces, qui déshonorent notre nature, sont commises par elles, c'est par elles aussi qu'on est porté aux tentatives merveilleuses qui la relèvent. L'homme médiocre vit et meurt comme la brute. Il n'a rien fait qui le distinguât pendant qu'il vivait ; il ne reste de lui rien dont on parle, quand il n'est plus ; son nom n'est plus prononcé, le lieu de sa sépulture est ignoré, perdu parmi les herbes. D'ailleurs les suites de la méchanceté passent avec les méchants, celles de la bonté restent, comme je disais une fois à Uranie. S'il faut opter entre Racine méchant époux, méchant père, ami faux et poète sublime, et Racine bon père, bon époux, bon ami et plat honnête homme, je m'en tiens au premier. De Racine méchant que reste-t-il ? Rien. De Racine homme de génie ? L'ouvrage est éternel… » (lettre à Sophie Volland du 31 juillet 1762).

C. La condition féminine

(« elle aurait mieux aimé s'exposer à toutes sortes de malheurs qu'au danger d'un second mariage », p. 61)

À l'époque de Diderot, une jeune fille pouvait être contrainte d'épouser un homme riche qu'elle n'aimait pas : Mme de La Carlière a dû déployer des « complaisances sans bornes pour un vieux mari jaloux, à qui la cupidité de ses parents l'avait sacrifiée à l'âge de quatorze ans » (p. 22), Mme de La Pommeraye a été « si malheureuse avec un premier mari » (p. 61) qu'elle apprécie son veuvage et l'hôtesse confie : « Si vous saviez le supplice quand on n'aime pas !… » (p. 77). Diderot suggère ici l'horreur pour une femme de se voir imposer des relations sexuelles. Il est plus explicite dans son essai *Sur les femmes* (1772) : « La soumission à un maître qui lui déplaît est pour elle un supplice. J'ai vu une femme honnête frissonner d'horreur à l'approche de son époux ; je l'ai vue se plonger dans le bain, et ne se croire jamais assez lavée de la souillure du devoir. Cette sorte de répugnance nous est presque inconnue. »

Le corps de la femme pouvait être aussi une monnaie d'échange. Dans une lettre à Sophie Volland, Diderot se penche sur le « cas de conscience » qui en résulte et prétend le résoudre en dissociant radicalement le sentiment et la sexualité : « Une femme sollicite un emploi très considérable pour son mari ; on le lui promet, mais à une condition que vous devinez de reste. Elle a six enfants, peu de fortune, un amant, un mari ; on ne lui demande qu'une nuit. Refusera-t-elle un quart d'heure de plaisir à celui qui lui offre en échange l'aisance pour son mari, l'éducation pour ses enfants, un état convenable pour elle ? Qu'est-ce que le motif qui la fait manquer à son mari, en comparaison de ceux qui la sollicitent de manquer à son amant ? La chose a été proposée tout franchement par un certain homme qui serrait une fois les mains à une certaine femme de mes amies : on lui a accordé quinze jours pour se déterminer... Comme tout se fait ici ! un poste vaque, une femme le sollicite ; on lève un peu ses jupons ; elle les laisse retomber, et voilà son mari, de pauvre commis à cent francs par mois, M. le directeur à quinze ou vingt mille francs par an. Cependant quel rapport entre une action juste ou généreuse, et la perte voluptueuse de quelques gouttes d'un fluide ? En vérité je crois que Nature ne se soucie ni du bien ni du mal ; elle est toute à deux fins : la conservation de l'individu et la propagation de l'espèce » (lettre du 31 juillet 1762).

La femme doit-elle s'accommoder de cette immoralité générale ? La maîtresse de Desroches qui, bien que l'aimant tendrement, l'a « sacrifié à des vues ambitieuses » (p. 30) est présentée favorablement par le narrateur mais Diderot juge sévèrement la corruption de la haute société de l'époque, gens d'Église inclus, et l'attitude de la d'Aisnon qui a *promené* sa fille, « pendant et après [s]on procès, chez des magistrats, chez des grands, chez des prélats, chez des financiers » et qui regrette qu'elle n'ait « aucun esprit de libertinage » (p. 76). « Philosophe » audacieux mais père attentif, il écrit à sa fille après son mariage avec le maître de forges Caroillon de Vandeul : « Ayez pour votre époux toute la condescendance imaginable. Conformez-vous à ses goûts raisonnables. [...] Vous ne sauriez montrer trop d'estime pour votre mari ; c'est un moyen sûr d'éloigner de vous les hommes sans mœurs. [...] Je ne vous recommande pas d'avoir des mœurs. Ce soupçon de l'inconduite, si commune aujourd'hui, m'accablerait de douleur, vous ôterait mon estime, et me chasserait de votre maison et de beaucoup d'autres. Après m'être glorifié de vous, je mourrais d'avoir à en rougir[1]. »

D. La question de la fidélité

(« ils se mirent à moraliser sur l'inconstance du cœur humain », p. 68)

Condamné quand il donne aux femmes des « seigneurs et maîtres » (p. 41), le mariage l'est aussi parce qu'il prétend imposer une fidélité contre nature. Cette idée, illustrée plaisamment par la fable de la Gaine et du Coutelet (p. 69), est affirmée solennellement dans l'article « Indissoluble » de l'*Encyclopédie* : « Le mariage est un engagement *indissoluble*. L'homme sage frémit à l'idée seule d'un engagement *indissoluble*. Les législateurs qui ont préparé aux hommes des liens *indissolubles* n'ont guère connu son inconstance naturelle. Combien ils ont fait de criminels et de malheureux ! » C'est dire que ces crimes et ces souffrances n'existent que parce que les lois civiles ne sont pas bonnes.

C'est la thèse soutenue dans le *Supplément au Voyage de Bougainville*. Le Tahitien Orou y interpelle ainsi l'aumônier, défenseur du mariage chrétien : « Rien, en effet, te paraît-il plus insensé qu'un Précepte qui proscrit le changement qui est en nous ; qui commande une constance qui n'y peut être, et qui viole la nature et la liberté du mâle et de la femelle, en les enchaînant pour jamais l'un à l'autre ; qu'une fidélité

1. Cette lettre (du 13 septembre 1772) figure dans le dossier des *Contes* édités par Béatrice Didier (*op. cit.*, p. 240-243).

qui borne la plus capricieuse des jouissances à un même individu ; qu'un serment d'immutabilité de deux êtres de chair, à la face d'un ciel qui n'est pas un instant le même, sous des antres qui menacent ruine, au bas d'une roche qui tombe en poudre, au pied d'un arbre qui se gerce, sur une pierre qui s'ébranle ? Crois-moi, vous avez rendu la condition de l'homme pire que celle de l'animal. » Ces idées sont ensuite développées par le personnage *B.*, qui était le narrateur de l'histoire de Mme de La Carlière : « Combien nous sommes loin de la nature et du bonheur ! L'empire de la nature ne peut être détruit ; on aura beau le contrarier par des obstacles, il durera. Écrivez tant qu'il vous plaira sur des tables d'airain, pour me servir de l'expression du sage Marc Aurèle, que le frottement voluptueux de deux intestins est un crime, le cœur de l'homme sera froissé entre la menace de votre inscription et la violence de ses penchants ; mais ce cœur indocile ne cessera de réclamer, et cent fois dans le cours de la vie vos caractères effrayants disparaîtront à nos yeux. Gravez sur le marbre : "Tu ne mangeras ni de l'ixion, ni du griffon ; tu ne connaîtras que ta femme ; tu ne seras point le mari de ta sœur" ; mais vous n'oublierez pas d'accroître les châtiments à proportion de la bizarrerie de vos défenses, vous deviendrez féroces, et vous ne réussirez point à me dénaturer » (*Contes*, p. 192 et 218).

E. Le libertinage

(« aucun esprit de libertinage », p. 76)

Si le *Supplément* affirme que « la galanterie est dans la nature » (*Contes*, p. 214), il n'en justifie pas pour autant le libertinage : dans l'utopie tahitienne, les relations sexuelles sont réglées par une autre loi de la nature, la procréation, au point qu'une femme inféconde y est condamnée à l'abstinence. De même, on ne saurait invoquer le déterminisme pour excuser la naissance ou la disparition de l'amour : « Ô le beau système pour les ingrats ! » écrit Diderot à Mme de Meaux. Un *ingrat*, comme le docteur Gardeil (dans

Ceci n'est pas un conte), qui a exploité, ruiné puis abandonné sa maîtresse, confirme sa nature de *méchant* en déclarant froidement : « Je l'ai aimée, je me battrais la tête contre le mur qu'il n'en serait ni plus ni moins. Je ne l'aime plus ; elle le sait à présent ou elle ne le saura jamais. Tout est dit » (*Contes*, p. 137). Le conte s'achève d'ailleurs par une intervention du narrateur qui condamne ce genre de libertinage : « Mais on me dira peut-être que c'est aller bien vite que de prononcer définitivement sur le caractère d'un homme d'après une seule action ; qu'une règle aussi sévère réduirait le nombre des gens de bien au point d'en laisser moins sur la terre que l'Évangile du chrétien n'admet d'élus dans le Ciel ; qu'on peut être inconstant en amour, se piquer même de peu de religion avec les femmes, sans être dépourvu d'honneur et de probité ; qu'on n'est le maître ni d'arrêter une passion qui s'allume, ni d'en prolonger une qui s'éteint ; qu'il y a déjà assez d'hommes dans les maisons et les rues qui méritent à juste titre le nom de coquins, sans inventer des crimes imaginaires qui les multiplieraient à l'infini. On me demandera si je n'ai jamais ni trahi, ni trompé, ni délaissé aucune femme sans sujet. Si je voulais répondre à ces questions, ma réponse ne demeurerait pas sans réplique, et ce serait une dispute à ne finir qu'au Jugement dernier. Mais mettez la main sur la conscience et dites-moi, vous, monsieur l'apologiste des trompeurs et des infidèles, si vous prendriez le docteur de Toulouse pour votre ami… Vous hésitez ? Tout est dit ; et sur ce, je prie Dieu de tenir en sa sainte garde toute femme à qui il vous prendra fantaisie d'adresser votre hommage » (*Contes*, p. 143-144).

Le libertinage « naturel » est limité par le respect que l'on doit à l'autre, et notamment aux femmes : il faut « être honnête et sincère jusqu'au scrupule avec des êtres fragiles qui ne peuvent faire notre bonheur sans renoncer aux avantages les plus précieux de nos sociétés », lit-on dans le *Supplément* (*Contes*, p. 222). Dans son essai *Sur les femmes*, Diderot se montre encore plus explicite dans la dénonciation du libertinage mondain : « Cependant, que signifie ce mot si légèrement prononcé, si frivolement interprété : *Je vous aime* ?

Il signifie réellement : “Si vous vouliez me sacrifier votre innocence et vos mœurs ; perdre le respect que vous vous portez à vous-même, et que vous obtenez des autres ; marcher les yeux baissés dans la société, du moins jusqu'à ce que, par l'habitude du libertinage, vous en ayez acquis l'effronterie ; renoncer à tout état honnête ; faire mourir vos parents de douleur, et m'accorder un moment de plaisir ; je vous en serais vraiment obligé.” » La femme ne doit pas être traitée en objet de plaisir et le sentiment amoureux, même s'il n'est pas éternel, garde toute sa valeur. Diderot écrit ainsi à Sophie Volland qu'il a « toujours le même plaisir » à l'embrasser, « en dépit de tous les proverbes, fussent-ils de Salomon. Cet homme-là avait trop de femmes pour entendre quelque chose à l'âme de l'homme de bien qui n'en estime et qui n'en aime qu'une » (lettre du 15 juillet 1759).

F. La poétique du conte

(« je vous ai dit la chose comme elle s'est passée, sans en rien omettre, sans y rien ajouter », p. 118)

Au maître qui lui reproche de ne pas avoir respecté la poétique classique, l'hôtesse répond en invoquant le vrai. Diderot, en effet, n'aime pas les modèles et les règles : « L'habitude nous captive. Un homme a-t-il paru avec une étincelle de génie ? A-t-il produit quelque ouvrage ? D'abord il étonne et partage les esprits ; peu à peu il les réunit ; bientôt il est suivi d'une foule d'imitateurs ; les modèles se multiplient, on accumule les observations, on pose des règles, l'art naît, on fixe ses limites ; et l'on prononce que tout ce qui n'est pas compris dans l'enceinte étroite qu'on a tracée est bizarre et mauvais : ce sont les Colonnes d'Hercule ; on n'ira point au-delà sans s'égarer. Mais rien ne prévaut contre le vrai. » D'autre part, Diderot ne réduit pas un homme à son « caractère » : « Sur la scène, on veut que les personnages soient uns ? C'est une fausseté palliée par la courte durée d'un drame : car combien de circonstances dans la vie où l'homme est différent de son caractère ! » (*De la poésie dramatique*, 1758).

La vérité est donc la valeur essentielle revendiquée par le conteur. La leçon de « poétique » placée à la fin des *Deux Amis de Bourbonne* oppose au « conte merveilleux » et au « conte plaisant », qui ne se soucient pas de vraisemblance, le « conte historique » : « il a pour objet la vérité rigoureuse ; il veut être cru ; il veut intéresser, toucher, entraîner, émouvoir, faire frissonner la peau et couler les larmes » (*Contes*, p. 72-73). L'auteur de *Madame de La Carlière* et de *Madame de La Pommeraye* y parvient en insérant dans son récit des péripéties qui font attendre un dénouement surprenant, des tableaux et des discours pathétiques qui ne vont pas sans une certaine théâtralisation. C'est ainsi qu'il peut être tout à la fois, « historien et poète, véridique et menteur ».

Mais peut-on exprimer *la* vérité d'un personnage ? Son histoire invite à porter sur lui des jugements divers reflétant la complexité de la nature humaine. D'où le choix du récit dialogué, exposé au début de *Ceci n'est pas un conte* : « Lorsqu'on fait un conte, c'est à quelqu'un qui l'écoute ; et pour peu que le conte dure, il est rare que le conteur ne soit pas interrompu quelquefois par son auditeur. Voilà pourquoi j'ai introduit dans le récit qu'on va lire, et qui n'est pas un conte ou qui est un mauvais conte, si vous vous en doutez, un personnage qui fasse à peu près le rôle du lecteur » (*Contes*, p. 122). Le dialogue entre les personnages qui racontent les histoires de Mme de La Carlière et de Mme de La Pommeraye et ceux qui les écoutent introduit une mise à distance critique qui permet au lecteur de ne pas recevoir passivement ces contes, d'associer le plaisir et la réflexion.

REPÈRES BIOGRAPHIQUES

1713 – Naissance le 5 octobre à Langres où son père est maître coutelier.

1723 – Entre au collège des Jésuites de Langres. Il reçoit la tonsure en **1726**.

1728-1741 – Poursuit ses études à Paris. Reçu maître ès arts de l'Université (**1732**) puis bachelier en théologie à la Sorbonne (**1735**). Privé de l'aide de son père, mène une vie difficile, exerce divers petits emplois.

1743 – Épouse secrètement et contre l'avis de son père une lingère, Anne Antoinette Champion (née en **1710**). De leurs quatre enfants ne survivra que Marie-Angélique (née en 1753).

1745 – *Essai sur le mérite et la vertu* (anonyme), traduction d'un ouvrage de Lord Shaftesbury qui dissocie la morale de la religion.

Liaison avec Mme de Puisieux.

1746 – *Pensées philosophiques* (condamné au feu par le parlement de Paris).

1747 – Diderot est dénoncé au lieutenant général de la police comme « un homme très dangereux et qui parle des saints mystères de notre religion avec mépris ». Il accepte, avec d'Alembert, la direction de l'*Encyclopédie*, qui paraîtra, malgré la censure, de **1751** à **1772**. Il devient l'ami de Rousseau.

1748 – *Les Bijoux indiscrets* (roman libertin, anonyme).

1749 – La *Lettre sur les aveugles* lui vaut un emprisonnement de quatre mois au donjon de Vincennes. Diderot se lie avec Grimm qui diffusera certaines de ses œuvres dans sa revue manuscrite adressée à quelques princes d'Europe, la *Correspondance littéraire*.

1753 – *De l'interprétation de la nature* (essai sur la méthode expérimentale et affirmation de son matérialisme philosophique).

1755 – Début de sa relation avec « Sophie » Volland, de trois ans sa cadette.

1756 – *Lettre à M. Landois sur la liberté et la nécessité* (dans la *Correspondance littéraire*).

1757 – *Le Fils naturel* (théâtre), suivi des *Entretiens sur « Le Fils naturel »*. Début de la querelle avec Rousseau.

1758 – Rupture avec Rousseau qui avait publié sa *Lettre à d'Alembert sur les spectacles* dans laquelle il dénonçait l'immoralité du théâtre.

Le Père de famille (théâtre) et *Discours sur la poésie dramatique*.

1759 – Premier *Salon* (critique d'art). Le dernier paraîtra en **1781**.

1760 – Rédaction du roman *La Religieuse* (révisé et publié de **1780** à **1782**).

1762 – Début de la rédaction du *Neveu de Rameau* (publication posthume). *Éloge de Richardson*.

1765 – Début de la rédaction de *Jacques le Fataliste*. Diderot vend sa bibliothèque en viager à l'impératrice de Russie Catherine II.

1767 – Diderot est élu à l'Académie impériale de Saint-Pétersbourg.

1769 – Liaison avec Mme de Meaux. Rédaction du *Rêve de d'Alembert* (diffusé dans la *Correspondance littéraire* en 1782) et du *Paradoxe sur le comédien* (remanié plusieurs fois ensuite).

1770 – *Les Deux Amis de Bourbonne* (conte diffusé dans la *Correspondance littéraire*).

1771 – *Entretien d'un père avec ses enfants* (conte, dans la *Correspondance littéraire*).

1772 – *Mars* : rédaction de l'essai *Sur les femmes*. *Septembre* : mariage d'Angélique Diderot et du maître de forges Caroillon de Vandeul.

1773 – *Avril* : deux contes sont diffusés dans la *Correspondance littéraire* : *Ceci n'est pas un conte* et *Madame de La Carlière*. *Juin* : Diderot part pour La Haye. *Août* : il quitte La Haye pour un long séjour à Saint-Pétersbourg. *Septembre* : début de la diffusion du *Supplément au Voyage de Bougainville* dans la *Correspondance littéraire* (fin en *mars* 1774).

1774 – *Mars* : départ de Saint-Pétersbourg pour La Haye ; achèvement de la *Réfutation d'Hemsterhuis*, de la *Réfutation d'Helvétius* et de l'*Entretien d'un philosophe avec la maréchale de ****. *Octobre* : retour à Paris.

1777 – Rédaction d'une comédie, *Est-il bon, est-il méchant ?*

1778 – *30 mai* : mort de Voltaire à Paris (où il avait fait un retour triomphal). *2 juillet* : mort de Rousseau. *Novembre* : diffusion de *Jacques le Fataliste* dans la *Correspondance littéraire* (jusqu'en *juin* 1780).

1781 – Rédaction de la *Lettre apologétique de l'abbé Raynal à M. Grimm*.

1783 – *Octobre* : mort de d'Alembert, qui a refusé les sacrements.

1784 – *Février* : maladie de Diderot. Mort de Sophie Volland. *31 juillet* : mort subite de Diderot ; sa famille lui assure des obsèques chrétiennes et une inhumation dans l'église Saint-Roch.

1785 – Saint-Pétersbourg reçoit la bibliothèque et les manuscrits de Diderot.

BIBLIOGRAPHIE

DIDEROT, *Contes*, éd. de Béatrice Didier, Le Livre de Poche, 1998.

—, *Jacques le Fataliste*, éd. de Pierre Chartier, Le Livre de Poche, 2000.

—, *Œuvres*, t. II, *Contes*, éd. de Laurent Versini, Robert Laffont, « Bouquins », 1994.

—, *Contes et romans*, éd. de Michel Delon, Gallimard, « Bibliothèque de la Pléiade », 2004.

—, *Lettres à Sophie Volland*, éd. de Jean Varloot, Gallimard, « Folio », 1984.

WALTER, Éric, *« Jacques le Fataliste » de Diderot*, Hachette, 1975.

WILSON, Arthur M., *Diderot. Sa vie et son œuvre*, Robert Laffont, « Bouquins », 1985.

Filmographie

BRESSON, Robert, *Les Dames du bois de Boulogne*, 1945 (film adapté de l'histoire de Mme de La Pommeraye).

Table

PAPIER À BASE DE FIBRES CERTIFIÉES

Le Livre de Poche s'engage pour l'environnement en réduisant l'empreinte carbone de ses livres. Celle de cet exemplaire est de :
250 g éq. CO_2
Rendez-vous sur www.livredepoche-durable.fr

Composition réalisée par PCA

Achevé d'imprimer en France par
CPI BUSSIÈRE (18200 Saint-Amand-Montrond)
en février 2021
N° d'impression : 2054539
Dépôt légal 1re publication : avril 2012
Édition 09 - février 2021
LIBRAIRIE GÉNÉRALE FRANÇAISE
21, rue du Montparnasse – 75298 Paris Cedex 06

31/6364/9